新诗经500首

陈洪彦 编

中州古籍出版社
·郑州·

图书在版编目(CIP)数据

新诗经500首 / 陈洪彦编. —郑州：中州古籍出版社，2016.7
ISBN 978-7-5348-6481-0

Ⅰ.①新… Ⅱ.①陈… Ⅲ.①诗词-作品集-中国 Ⅳ.①I22

中国版本图书馆 CIP 数据核字(2016)第 172631 号

出版社：中州古籍出版社
（地址：郑州市经五路 66 号　邮政编码：450002）
发行单位：新华书店
承印单位：郑州市毛庄印刷厂
开本：640mm×960mm　　1/16　　印张：15.5
印数：1—30000
版次：2016 年 9 月第 1 版　　印次：2016 年 9 月第 1 次印刷

定价：29.80 元

本书如有印装质量问题，由承印厂负责调换。

序

"蒹葭苍苍，白露为霜。所谓伊人，在水一方。"

在许许多多中国人的梦里，都摇曳着一片浅浅的蒹葭，都有着这样一位"伊人"：巧笑倩兮，美目盼兮，翩若惊鸿，婉若游龙，婷婷袅袅，姗姗而来。

这位美丽多情的"伊人"，名叫"中国诗"。

中国是诗的国度。从《诗经》的风雅到《楚辞》的浪漫，从曹操的苍凉到陶潜的淡远，从李白的飘逸到杜甫的沉郁，从苏轼的豪放到柳永的婉约，无不彰显着我们这个古老诗歌国度的现实主义精神和浪漫主义气质。

中华民族是最有诗情的民族。"曲项向天歌"，伴随多少儿童走在上学的路上；"锄禾日当午"，让多少不谙世事的孩子初懂了人世的酸苦；"野火烧不尽，春风吹又生"，激励了多少想要放弃的心灵；"夜来风雨声，花落知多少"，唤醒了多少日渐麻木的情怀。"大江东去"，淘不尽诗歌的傲骨，"晓风残月"，冷不了诗情的芬芳。在"云对雨，雪对风，晚照对晴空"的优美旋律中，诗早已融入中国人的血脉和骨髓，成为我们生命中不可或缺的组成部分。

孔子说，诗"可以兴，可以观，可以群，可以怨"，其实诗的价值何止如此！"长太息以掩涕兮，哀民生之多艰"，让我们懂得了什么是责任；"人生自古谁无死，留取丹心照汗青"，让我们见识了什么是勇气；"谁言寸草心，报得三春晖"，让我们明白了什么是感恩；"会当凌绝顶，一览众山小"，让我们领略了什么是境界；"采菊东篱下，悠然见南山"，让我们看到了人生还有另外一种活法。

读诗，读到的是情趣，提高的是审美，增长的是见识，积累的是文化，培养的是精神，沉淀的是素质。感谢诗人，他们为我们准备了那样丰富多彩的文化盛宴，那样各具特色的精神大餐；感谢诗歌，它使我们平凡的生命摇曳多姿，使我们浮躁的灵魂安详、宁静。

吾生也有涯，而诗也无涯，我们无法以有涯之生穷无涯之诗。中华诗歌的天空，人才辈出，群星灿烂；中华诗歌的典籍，浩如烟海，卷帙浩繁；各种诗歌的选本比比皆是，名目众多。但截至目前，还没有一种选本能囊括从古到今的优秀旧体诗篇，还没有一个选本能够成为现代人的必读之经，还没有一个选本能够让人说声"一册在手，可以观止矣"，于是编者就着手选编了这本《新诗经500首》。

本书按照"小学生必背古诗词100首""初中生必背古诗词100首""高中生必背古诗词60首""补充古诗词240首"这样的顺序编选，有利于不同阶段的中小学生学习背诵，也有利于大学生或者诗歌爱好者按照由浅入深、由易到难的顺序巩固提高。由于中小学生必背古诗词，教科书上都曾出现过，所以不再注释，补充部分的240首诗，则分别加了注释。

这本诗集，上至先秦，下迄现代，精选了500首历代诗歌精品，虽千淘万漉，亦难免有遗珠之憾。即便如此，它仍是一种具有广泛普适性的非常实用的诗词选本。

茶余饭后，晨读晚诵。随便某一天，在校园，在家里，在广场，在公交车上，那摇头晃脑沉醉于诗歌意境的人，可能是我，可能是你，也可能是他，而手里拿着的，却一定是这本《新诗经500首》！

编者
2016年5月

目 录

小学生必背古诗词100首

1 一去二三里 …………………………………… 邵 雍 2
2 咏 鹅 …………………………………………… 骆宾王 2
3 画 ………………………………………………… 王 维 2
4 画 鸡 …………………………………………… 唐 寅 2
5 静夜思 …………………………………………… 李 白 2
6 悯 农(其一) …………………………………… 李 绅 3
7 春 晓 …………………………………………… 孟浩然 3
8 村 居 …………………………………………… 高 鼎 3
9 所 见 …………………………………………… 袁 枚 3
10 小 池 …………………………………………… 杨万里 3
11 赠刘景文 ………………………………………… 苏 轼 4
12 山 行 …………………………………………… 杜 牧 4
13 回乡偶书 ………………………………………… 贺知章 4
14 赠汪伦 …………………………………………… 李 白 4
15 鸟鸣涧 …………………………………………… 王 维 4
16 宿新市徐公店 …………………………………… 杨万里 5
17 敕勒歌 …………………………………………… 《乐府诗集》 5

18	望庐山瀑布	李白	5
19	绝句	杜甫	5
20	江畔独步寻花(其六)	杜甫	5
21	咏柳	贺知章	6
22	江雪	柳宗元	6
23	春日	朱熹	6
24	池上	白居易	6
25	清明	杜牧	6
26	寻隐者不遇	贾岛	7
27	题临安邸	林升	7
28	江南	《乐府诗集》	7
29	赋得古原草送别	白居易	7
30	凉州词	王之涣	8
31	乐游原	李商隐	8
32	夏日绝句	李清照	8
33	悯农(其二)	李绅	8
34	绝句	杜甫	8
35	相思	王维	9
36	塞下曲	卢纶	9
37	登鹳雀楼	王之涣	9
38	秋夕	杜牧	9
39	乡村四月	翁卷	9
40	九月九日忆山东兄弟	王维	10
41	登飞来峰	王安石	10
42	鹿柴	王维	10

43	江上渔者	范仲淹 10
44	逢雪宿芙蓉山主人	刘长卿 10
45	元　日	王安石 11
46	夜书所见	叶绍翁 11
47	望天门山	李　白 11
48	饮湖上初晴后雨	苏　轼 11
49	小儿垂钓	胡令能 11
50	独坐敬亭山	李　白 12
51	宿建德江	孟浩然 12
52	舟夜书所见	查慎行 12
53	送元二使安西	王　维 12
54	早发白帝城	李　白 12
55	滁州西涧	韦应物 13
56	菊　花	元　稹 13
57	三衢道中	曾　几 13
58	清平乐·村居	辛弃疾 13
59	惠崇春江晚景	苏　轼 14
60	江南春	杜　牧 14
61	四时田园杂兴（其二十五）	范成大 14
62	如梦令	李清照 14
63	四时田园杂兴（其三十一）	范成大 14
64	黄鹤楼送孟浩然之广陵	李　白 15
65	题西林壁	苏　轼 15
66	枫桥夜泊	张　继 15
67	别董大	高　适 15

68	暮江吟	白居易	15
69	终南望余雪	祖咏	16
70	忆江南	白居易	16
71	渔歌子	张志和	16
72	游园不值	叶绍翁	16
73	晓出净慈寺送林子方	杨万里	16
74	长相思	纳兰性德	17
75	西江月·夜行黄沙道中	辛弃疾	17
76	墨梅	王冕	17
77	竹石	郑燮	17
78	石灰吟	于谦	18
79	泊船瓜洲	王安石	18
80	游子吟	孟郊	18
81	菩萨蛮·书江西造口壁	辛弃疾	18
82	望洞庭	刘禹锡	19
83	卜算子·咏梅	陆游	19
84	秋浦歌(其十五)	李白	19
85	七步诗	曹植	19
86	出塞	王昌龄	20
87	春夜喜雨	杜甫	20
88	示儿	陆游	20
89	闻官军收河南河北	杜甫	20
90	风	李峤	21
91	凉州词	王翰	21
92	芙蓉楼送辛渐	王昌龄	21

93	浪淘沙	刘禹锡	21
94	蜂	罗 隐	21
95	书湖阴先生壁	王安石	22
96	六月二十七日望湖楼醉书	苏 轼	22
97	秋夜将晓出篱门迎凉有感	陆 游	22
98	己亥杂诗	龚自珍	22
99	从军行	王昌龄	22
100	竹枝词	刘禹锡	23

初中生必背古诗词 100 首

1	关 雎	《诗经》	25
2	蒹 葭	《诗经》	25
3	观沧海	曹 操	26
4	龟虽寿	曹 操	26
5	十五从军征	《乐府诗集》	27
6	涉江采芙蓉	《古诗十九首》	27
7	迢迢牵牛星	《古诗十九首》	28
8	长歌行	《乐府诗集》	28
9	赠从弟(其二)	刘 桢	28
10	归园田居(其三)	陶渊明	29
11	饮酒(其五)	陶渊明	29
12	山中杂诗	吴 均	29
13	野 望	王 绩	30
14	送杜少府之任蜀州	王 勃	30

15	从军行	杨 炯	30
16	登幽州台歌	陈子昂	31
17	竹里馆	王 维	31
18	使至塞上	王 维	31
19	终南别业	王 维	31
20	早寒江上有怀	孟浩然	32
21	望洞庭湖赠张丞相	孟浩然	32
22	过故人庄	孟浩然	32
23	次北固山下	王 湾	33
24	题破山寺后禅院	常 建	33
25	闻王昌龄左迁龙标遥有此寄	李 白	33
26	峨眉山月歌	李 白	33
27	春夜洛城闻笛	李 白	34
28	送友人	李 白	34
29	行路难(其一)	李 白	34
30	宣州谢朓楼饯别校书叔云	李 白	35
31	月下独酌	李 白	35
32	渡荆门送别	李 白	36
33	江南逢李龟年	杜 甫	36
34	望 岳	杜 甫	36
35	春 望	杜 甫	37
36	茅屋为秋风所破歌	杜 甫	37
37	石壕吏	杜 甫	37
38	羌村三首(其三)	杜 甫	38
39	登 楼	杜 甫	39

40	左迁至蓝关示侄孙湘	韩愈	39
41	送灵澈上人	刘长卿	39
42	白雪歌送武判官归京	岑参	39
43	走马川行奉送封大夫出师西征	岑参	40
44	逢入京使	岑参	40
45	黄鹤楼	崔颢	41
46	观刈麦	白居易	41
47	望月有感	白居易	42
48	钱塘湖春行	白居易	42
49	雁门太守行	李贺	42
50	秋词	刘禹锡	43
51	酬乐天扬州初逢席上见赠	刘禹锡	43
52	乌衣巷	刘禹锡	43
53	早春呈水部张十八员外	韩愈	43
54	月夜	刘方平	44
55	无题	李商隐	44
56	无题	李商隐	44
57	夜雨寄北	李商隐	44
58	泊秦淮	杜牧	45
59	赤壁	杜牧	45
60	望江南	温庭筠	45
61	商山早行	温庭筠	45
62	约客	赵师秀	46
63	相见欢	李煜	46
64	浣溪沙	晏殊	46

65	破阵子	晏殊	46
66	鲁山山行	梅尧臣	47
67	渔家傲·秋思	范仲淹	47
68	踏莎行	欧阳修	47
69	卜算子·送鲍浩然之浙东	王观	47
70	浣溪沙	苏轼	48
71	水调歌头	苏轼	48
72	江城子·密州出猎	苏轼	48
73	浣溪沙	苏轼	48
74	过松源晨炊漆公店	杨万里	49
75	观书有感	朱熹	49
76	武陵春	李清照	49
77	醉花阴	李清照	49
78	渔家傲	李清照	50
79	十一月四日风雨大作	陆游	50
80	游山西村	陆游	50
81	如梦令	李清照	50
82	临安春雨初霁	陆游	51
83	钗头凤	陆游	51
84	冬夜读书示子聿	陆游	51
85	诉衷情	陆游	51
86	破阵子·为陈同甫赋壮词以寄之	辛弃疾	52
87	青玉案·元夕	辛弃疾	52
88	南乡子·登京口北固亭有怀	辛弃疾	52
89	过零丁洋	文天祥	52

90	山坡羊·潼关怀古	张养浩	53
91	山坡羊·骊山怀古	张养浩	53
92	朝天子·咏喇叭	王磐	53
93	天净沙·秋思	马致远	53
94	别云间	夏完淳	54
95	论诗	赵翼	54
96	生查子·元夕	欧阳修	54
97	己亥杂诗	龚自珍	54
98	赴戍登程口占示家人	林则徐	55
99	木兰词	纳兰性德	55
100	满江红	秋瑾	55

高中生必背古诗词60首

1	氓	《诗经》	57
2	采薇	《诗经》	57
3	邶风·静女	《诗经》	58
4	离骚	屈原	58
5	湘夫人	屈原	63
6	国殇	屈原	64
7	短歌行	曹操	64
8	归园田居(其一)	陶渊明	65
9	杂诗十二首(其二)	陶渊明	65
10	拟行路难(其四)	鲍照	66
11	山居秋暝	王维	66

12	积雨辋川庄作	王维	66
13	夜归鹿门歌	孟浩然	67
14	燕歌行	高适	67
15	蜀道难	李白	68
16	梦游天姥吟留别	李白	68
17	将进酒	李白	69
18	越中览古	李白	70
19	兵车行	杜甫	70
20	蜀相	杜甫	70
21	客至	杜甫	71
22	登高	杜甫	71
23	登岳阳楼	杜甫	71
24	秋兴八首(其一)	杜甫	72
25	咏怀古迹(其三)	杜甫	72
26	旅夜书怀	杜甫	72
27	阁夜	杜甫	73
28	石头城	刘禹锡	73
29	琵琶行	白居易	73
30	长恨歌	白居易	75
31	登柳州城楼寄漳汀封连四州	柳宗元	78
32	春江花月夜	张若虚	78
33	李凭箜篌引	李贺	79
34	过华清宫	杜牧	79
35	菩萨蛮	韦庄	79
36	锦瑟	李商隐	80

37	马嵬(其二)	李商隐	80
38	虞美人	李煜	80
39	雨霖铃	柳永	80
40	望海潮	柳永	81
41	桂枝香·金陵怀古	王安石	81
42	念奴娇·赤壁怀古	苏轼	82
43	定风波	苏轼	82
44	新城道中(其一)	苏轼	82
45	鹊桥仙	秦观	83
46	声声慢	李清照	83
47	书愤	陆游	83
48	永遇乐·京口北固亭怀古	辛弃疾	84
49	水龙吟·登建康赏心亭	辛弃疾	84
50	扬州慢	姜夔	84
51	长亭送别(节选)	王实甫	85
52	苏幕遮	范仲淹	85
53	渔家傲·秋思	范仲淹	85
54	菩萨蛮	温庭筠	86
55	蝶恋花	晏殊	86
56	浪淘沙	李煜	86
57	八声甘州	柳永	86
58	苏幕遮	周邦彦	87
59	今别离(其一)	黄遵宪	87
60	咏怀八十二首(其一)	阮籍	88

补充古诗词 240 首

子 衿	《诗经》	90
硕 鼠	《诗经》	90
行行重行行	《古诗十九首》	91
上 邪	《乐府诗集》	92
蒿里行	曹 操	93
白马篇	曹 植	94
读《山海经》	陶渊明	95
咏荆轲	陶渊明	95
拟挽歌辞(其三)	陶渊明	96
登池上楼	谢灵运	97
咏 蝉	骆宾王	98
滕王阁诗	王 勃	99
渡汉江	宋之问	100
望月怀远	张九龄	100
送杜十四之江南	孟浩然	101
送魏万之京	李 颀	101
从军行(其一)	王昌龄	102
从军行(其二)	王昌龄	102
从军行(其五)	王昌龄	103
闺 怨	王昌龄	103
采莲曲	王昌龄	103
辋川闲居赠裴秀才迪	王 维	104
杂 诗	王 维	104

观 猎	王 维	105
汉江临泛	王 维	105
上李邕	李 白	106
清平调词	李 白	107
关山月	李 白	108
登金陵凤凰台	李 白	108
山中与幽人对酌	李 白	109
忆秦娥	李 白	109
菩萨蛮	李 白	110
把酒问月	李 白	110
金陵酒肆留别	李 白	111
听蜀僧浚弹琴	李 白	111
长干曲(其一)	崔 颢	112
桃花溪	张 旭	112
山中留客	张 旭	113
除夜作	高 适	113
早 梅	张 谓	113
饮中八仙歌	杜 甫	114
前出塞九首(其六)	杜 甫	115
曲江二首(其二)	杜 甫	116
水槛遣心(其一)	杜 甫	116
赠花卿	杜 甫	117
江畔独步寻花(其五)	杜 甫	117
戏为六绝句(其二)	杜 甫	117
绝句二首(其二)	杜 甫	118

八阵图	杜 甫	118
江 汉	杜 甫	119
春行即兴	李 华	119
寒 食	韩 翃	120
喜外弟卢纶见宿	司空曙	120
江村即事	司空曙	121
征人怨	柳中庸	121
题三闾大夫庙	戴叔伦	122
兰溪棹歌	戴叔伦	122
塞下曲（其二）	卢 纶	123
江南曲	李 益	123
夜上受降城闻笛	李 益	123
春夜闻笛	李 益	124
登科后	孟 郊	124
城东早春	杨巨源	124
春 兴	武元衡	125
题都城南庄	崔 护	125
秋 思	张 籍	126
十五夜望月寄杜郎中	王 建	126
新嫁娘	王 建	127
雨过山村	王 建	127
春 雪	韩 愈	128
晚 春	韩 愈	128
玄都观桃花	刘禹锡	128
台 城	刘禹锡	129

诗题	作者	页码
长相思	白居易	129
大林寺桃花	白居易	130
卖炭翁	白居易	130
邯郸冬至夜思家	白居易	131
问刘十九	白居易	132
南浦别	白居易	132
渔翁	柳宗元	132
行宫	元稹	133
离思	元稹	133
剑客	贾岛	134
题诗后	贾岛	134
题李凝幽居	贾岛	135
闺意献张水部	朱庆余	135
南园(其一)	李贺	136
南园(其五)	李贺	136
南园(其六)	李贺	137
马诗(其五)	李贺	137
偶书	刘叉	137
咸阳城西楼晚眺	许浑	138
谢亭送别	许浑	139
遣怀	杜牧	139
寄扬州韩绰判官	杜牧	139
题乌江亭	杜牧	140
赠别二首(其一)	杜牧	140
赠别二首(其二)	杜牧	141

陇西行	陈 陶	141
蝉	李商隐	141
宿骆氏亭寄怀崔雍崔衮	李商隐	142
柳	李商隐	142
嫦 娥	李商隐	143
贾 生	李商隐	143
台 城	韦 庄	143
忆 昔	韦 庄	144
题菊花	黄 巢	145
咏 菊	黄 巢	145
春 怨	金昌绪	146
小 松	杜荀鹤	146
贫 女	秦韬玉	147
社 日	王 驾	147
雨 晴	王 驾	148
寄 夫	陈玉兰	148
早 梅	齐 己	149
述国亡诗	花蕊夫人	149
金缕衣	无名氏	150
望江南	李 煜	150
相见欢	李 煜	150
破阵子	李 煜	151
寻隐者不遇	魏 野	151
山园小梅	林 逋	152
长相思	林 逋	153

对竹思鹤	钱惟演	153
蝶恋花	柳　永	153
鹤冲天	柳　永	154
八声甘州	柳　永	155
天仙子	张　先	155
玉楼春	晏　殊	156
玉楼春	宋　祁	156
宿甘露寺僧舍	曾公亮	157
陶　者	梅尧臣	157
戏答元珍	欧阳修	157
画眉鸟	欧阳修	158
蝶恋花	欧阳修	158
浪淘沙	欧阳修	159
夜　直	王安石	159
梅　花	王安石	160
蚕　妇	张　俞	160
临江仙	晏几道	160
鹧鸪天	晏几道	161
东　坡	苏　轼	161
春　宵	苏　轼	162
海　棠	苏　轼	162
卜算子·黄州定慧院寓居作	苏　轼	163
蝶恋花·春景	苏　轼	163
水龙吟·次韵章质夫杨花词	苏　轼	164
江城子·乙卯正月二十日夜记梦	苏　轼	164

鹧鸪天 ……………………………………	苏　轼	165
临江仙·夜归临皋 ……………………………	苏　轼	165
卜算子 ………………………………………	李之仪	166
清平乐·春归何处 ……………………………	黄庭坚	166
春　日 ………………………………………	秦　观	167
踏莎行·郴州旅舍 ……………………………	秦　观	168
浣溪沙 ………………………………………	秦　观	168
青玉案 ………………………………………	贺　铸	168
春游湖 ………………………………………	徐　俯	169
病　牛 ………………………………………	李　纲	170
满庭芳·夏日溧水无想山作 …………………	周邦彦	170
一剪梅 ………………………………………	李清照	171
点绛唇 ………………………………………	李清照	171
满江红 ………………………………………	岳　飞	172
小重山 ………………………………………	岳　飞	173
剑门道中遇微雨 ……………………………	陆　游	173
沈园二首(其一) ……………………………	陆　游	174
梅花绝句 ……………………………………	陆　游	174
念奴娇·过洞庭 ……………………………	张孝祥	174
西江月 ………………………………………	张孝祥	175
丑奴儿·书博山道中壁 ……………………	辛弃疾	176
摸鱼儿·更能消几番风雨 …………………	辛弃疾	176
鹧鸪天·代人赋 ……………………………	辛弃疾	177
鹧鸪天·代人赋 ……………………………	辛弃疾	177
鹧鸪天·送人 ………………………………	辛弃疾	178

清平乐·独宿博山王氏庵	辛弃疾	178
采桑子·此生自断天休问	辛弃疾	179
水调歌头·长恨复长恨	辛弃疾	179
西江月·遣兴	辛弃疾	180
柳梢青·送卢梅坡	刘过	180
沁园春·梦孚若	刘克庄	181
月上瓜洲·南徐多景楼作	张辑	182
题临安邸	林升	182
谒金门	李好古	183
扬子江	文天祥	183
金陵驿	文天祥	184
正气歌	文天祥	184
虞美人·听雨	蒋捷	186
一剪梅·舟过吴江	蒋捷	187
题画菊	郑思肖	187
摸鱼儿	元好问	188
〔双调〕骤雨打新荷	元好问	189
水仙子·夜雨	徐再思	189
卖花声·怀古	张可久	190
古戍	刘基	191
五月十九日大雨	刘基	191
雨中花·题画	李东阳	192
临江仙	杨慎	192
把酒对月歌	唐寅	193
一剪梅	唐寅	193

桃花庵歌	唐寅	194
江城子·病起春尽	陈子龙	195
明日歌	文嘉	195
〔商调〕皂罗袍	汤显祖	196
更漏子·本意	王夫之	197
卜算子	夏完淳	197
海上	顾炎武	198
墨竹图题诗	郑燮	199
七绝	郑燮	199
枉凝眉	曹雪芹	199
聪明累	曹雪芹	200
秋窗风雨夕	曹雪芹	201
葬花吟	曹雪芹	202
马嵬	袁枚	203
题元遗山集	赵翼	204
塞外杂咏	林则徐	205
秋登越王台	康有为	205
狱中题壁	谭嗣同	206
台湾竹枝词	梁启超	207
读陆放翁集	梁启超	207
鹧鸪天	秋瑾	208
对酒	秋瑾	208
自题小像	鲁迅	209
无题	鲁迅	209
自嘲	鲁迅	210

无　题 ……………………………………	鲁　迅	211
七古·咏蛙 …………………………………	毛泽东	211
贺新郎·别友 ………………………………	毛泽东	211
沁园春·长沙 ………………………………	毛泽东	212
采桑子·重阳 ………………………………	毛泽东	213
忆秦娥·娄山关 ……………………………	毛泽东	213
清平乐·六盘山 ……………………………	毛泽东	213
七律·长征 …………………………………	毛泽东	214
沁园春·雪 …………………………………	毛泽东	214
七律·人民解放军占领南京 ………………	毛泽东	215
浪淘沙·北戴河 ……………………………	毛泽东	216
水调歌头·游泳 ……………………………	毛泽东	216
蝶恋花·答李淑一 …………………………	毛泽东	217
卜算子·咏梅 ………………………………	毛泽东	217
七律·和柳亚子先生 ………………………	毛泽东	218
大江歌 ………………………………………	周恩来	218
冬夜杂咏·青松 ……………………………	陈　毅	219

小学生必背古诗词 100 首

1　一去二三里

邵　雍

一去二三里,烟村四五家。
亭台六七座,八九十枝花。

2　咏　鹅

骆宾王

鹅,鹅,鹅,曲项向天歌。
白毛浮绿水,红掌拨清波。

3　画

王　维

远看山有色,近听水无声。
春去花还在,人来鸟不惊。

4　画　鸡

唐　寅

头上红冠不用裁,满身雪白走将来。
平生不敢轻言语,一叫千门万户开。

5　静 夜 思

李　白

床前明月光,疑是地上霜。
举头望明月,低头思故乡。

6 悯 农（其一）

李 绅

锄禾日当午，汗滴禾下土。

谁知盘中餐，粒粒皆辛苦。

7 春 晓

孟浩然

春眠不觉晓，处处闻啼鸟。

夜来风雨声，花落知多少。

8 村 居

高 鼎

草长莺飞二月天，拂堤杨柳醉春烟。

儿童散学归来早，忙趁东风放纸鸢。

9 所 见

袁 枚

牧童骑黄牛，歌声振林樾。

意欲捕鸣蝉，忽然闭口立。

10 小 池

杨万里

泉眼无声惜细流，树阴照水爱晴柔。

小荷才露尖尖角，早有蜻蜓立上头。

11 赠刘景文

苏 轼

荷尽已无擎雨盖,菊残犹有傲霜枝。
一年好景君须记,正是橙黄橘绿时。

12 山 行

杜 牧

远上寒山石径斜,白云生处有人家。
停车坐爱枫林晚,霜叶红于二月花。

13 回乡偶书

贺知章

少小离家老大回,乡音无改鬓毛衰。
儿童相见不相识,笑问客从何处来。

14 赠汪伦

李 白

李白乘舟将欲行,忽闻岸上踏歌声。
桃花潭水深千尺,不及汪伦送我情。

15 鸟鸣涧

王 维

人闲桂花落,夜静春山空。
月出惊山鸟,时鸣春涧中。

16　宿新市徐公店

杨万里

篱落疏疏一径深，树头花落未成阴。

儿童急走追黄蝶，飞入菜花无处寻。

17　敕勒歌

《乐府诗集》

敕勒川，阴山下，天似穹庐，笼盖四野。

天苍苍，野茫茫，风吹草低见牛羊。

18　望庐山瀑布

李白

日照香炉生紫烟，遥看瀑布挂前川。

飞流直下三千尺，疑是银河落九天。

19　绝句

杜甫

两个黄鹂鸣翠柳，一行白鹭上青天。

窗含西岭千秋雪，门泊东吴万里船。

20　江畔独步寻花（其六）

杜甫

黄四娘家花满蹊，千朵万朵压枝低。

留连戏蝶时时舞，自在娇莺恰恰啼。

21　咏　柳
贺知章
碧玉妆成一树高，万条垂下绿丝绦。
不知细叶谁裁出，二月春风似剪刀。

22　江　雪
柳宗元
千山鸟飞绝，万径人踪灭。
孤舟蓑笠翁，独钓寒江雪。

23　春　日
朱　熹
胜日寻芳泗水滨，无边光景一时新。
等闲识得东风面，万紫千红总是春。

24　池　上
白居易
小娃撑小艇，偷采白莲回。
不解藏踪迹，浮萍一道开。

25　清　明
杜　牧
清明时节雨纷纷，路上行人欲断魂。
借问酒家何处有？牧童遥指杏花村。

26　寻隐者不遇
贾　岛

松下问童子，言师采药去。

只在此山中，云深不知处。

27　题临安邸
林　升

山外青山楼外楼，西湖歌舞几时休？

暖风熏得游人醉，直把杭州作汴州。

28　江　南
《乐府诗集》

　　江南可采莲，莲叶何田田。鱼戏莲叶间。鱼戏莲叶东，鱼戏莲叶西，鱼戏莲叶南，鱼戏莲叶北。

29　赋得古原草送别
白居易

离离原上草，一岁一枯荣。

野火烧不尽，春风吹又生。

远芳侵古道，晴翠接荒城。

又送王孙去，萋萋满别情。

30 凉州词
王之涣

黄河远上白云间，一片孤城万仞山。
羌笛何须怨杨柳，春风不度玉门关。

31 乐游原
李商隐

向晚意不适，驱车登古原。
夕阳无限好，只是近黄昏。

32 夏日绝句
李清照

生当作人杰，死亦为鬼雄。
至今思项羽，不肯过江东。

33 悯农（其二）
李绅

春种一粒粟，秋收万颗子。
四海无闲田，农夫犹饿死。

34 绝句
杜甫

迟日江山丽，春风花草香。
泥融飞燕子，沙暖睡鸳鸯。

35 相 思

王 维

红豆生南国,春来发几枝?
愿君多采撷,此物最相思。

36 塞 下 曲

卢 纶

月黑雁飞高,单于夜遁逃。
欲将轻骑逐,大雪满弓刀。

37 登鹳雀楼

王之涣

白日依山尽,黄河入海流。
欲穷千里目,更上一层楼。

38 秋 夕

杜 牧

银烛秋光冷画屏,轻罗小扇扑流萤。
天阶夜色凉如水,坐看牵牛织女星。

39 乡村四月

翁 卷

绿遍山原白满川,子规声里雨如烟。
乡村四月闲人少,才了蚕桑又插田。

40　九月九日忆山东兄弟
　　　　王　维
独在异乡为异客,每逢佳节倍思亲。
遥知兄弟登高处,遍插茱萸少一人。

41　登飞来峰
　　　　王安石
飞来山上千寻塔,闻说鸡鸣见日升。
不畏浮云遮望眼,自缘身在最高层。

42　鹿　柴
　　　　王　维
空山不见人,但闻人语响。
返景入深林,复照青苔上。

43　江上渔者
　　　　范仲淹
江上往来人,但爱鲈鱼美。
君看一叶舟,出没风波里。

44　逢雪宿芙蓉山主人
　　　　刘长卿
日暮苍山远,天寒白屋贫。
柴门闻犬吠,风雪夜归人。

45 元 日

王安石

爆竹声中一岁除,春风送暖入屠苏。
千门万户曈曈日,总把新桃换旧符。

46 夜书所见

叶绍翁

萧萧梧叶送寒声,江上秋风动客情。
知有儿童挑促织,夜深篱落一灯明。

47 望天门山

李 白

天门中断楚江开,碧水东流至此回。
两岸青山相对出,孤帆一片日边来。

48 饮湖上初晴后雨

苏 轼

水光潋滟晴方好,山色空蒙雨亦奇。
欲把西湖比西子,淡妆浓抹总相宜。

49 小儿垂钓

胡令能

蓬头稚子学垂纶,侧坐莓苔草映身。
路人借问遥招手,怕得鱼惊不应人。

50　独坐敬亭山
李　白
众鸟高飞尽，孤云独去闲。
相看两不厌，只有敬亭山。

51　宿建德江
孟浩然
移舟泊烟渚，日暮客愁新。
野旷天低树，江清月近人。

52　舟夜书所见
查慎行
月黑见渔灯，孤光一点萤。
微微风簇浪，散作满河星。

53　送元二使安西
王　维
渭城朝雨浥轻尘，客舍青青柳色新。
劝君更尽一杯酒，西出阳关无故人。

54　早发白帝城
李　白
朝辞白帝彩云间，千里江陵一日还。
两岸猿声啼不住，轻舟已过万重山。

55 滁州西涧

韦应物

独怜幽草涧边生，上有黄鹂深树鸣。

春潮带雨晚来急，野渡无人舟自横。

56 菊 花

元 稹

秋丛绕舍似陶家，遍绕篱边日渐斜。

不是花中偏爱菊，此花开尽更无花。

57 三衢道中

曾 几

梅子黄时日日晴，小溪泛尽却山行。

绿阴不减来时路，添得黄鹂四五声。

58 清平乐·村居

辛弃疾

茅檐低小，溪上青青草。醉里吴音相媚好，白发谁家翁媪？

大儿锄豆溪东，中儿正织鸡笼。最喜小儿亡赖，溪头卧剥莲蓬。

59 惠崇春江晚景
苏 轼
竹外桃花三两枝,春江水暖鸭先知。
蒌蒿满地芦芽短,正是河豚欲上时。

60 江 南 春
杜 牧
千里莺啼绿映红,水村山郭酒旗风。
南朝四百八十寺,多少楼台烟雨中。

61 四时田园杂兴(其二十五)
范成大
梅子金黄杏子肥,麦花雪白菜花稀。
日长篱落无人过,惟有蜻蜓蛱蝶飞。

62 如 梦 令
李清照
常记溪亭日暮,沉醉不知归路。兴尽晚回舟,误入藕花深处。争渡,争渡,惊起一滩鸥鹭。

63 四时田园杂兴(其三十一)
范成大
昼出耘田夜绩麻,村庄儿女各当家。
童孙未解供耕织,也傍桑阴学种瓜。

64　黄鹤楼送孟浩然之广陵
李　白
故人西辞黄鹤楼，烟花三月下扬州。
孤帆远影碧空尽，唯见长江天际流。

65　题西林壁
苏　轼
横看成岭侧成峰，远近高低各不同。
不识庐山真面目，只缘身在此山中。

66　枫桥夜泊
张　继
月落乌啼霜满天，江枫渔火对愁眠。
姑苏城外寒山寺，夜半钟声到客船。

67　别董大
高　适
千里黄云白日曛，北风吹雁雪纷纷。
莫愁前路无知己，天下谁人不识君？

68　暮江吟
白居易
一道残阳铺水中，半江瑟瑟半江红。
可怜九月初三夜，露似真珠月似弓。

69 终南望余雪
祖 咏

终南阴岭秀,积雪浮云端。

林表明霁色,城中增暮寒。

70 忆江南
白居易

江南好,风景旧曾谙。日出江花红胜火,春来江水绿如蓝。能不忆江南?

71 渔歌子
张志和

西塞山前白鹭飞,桃花流水鳜鱼肥。青箬笠,绿蓑衣,斜风细雨不须归。

72 游园不值
叶绍翁

应怜屐齿印苍苔,小扣柴扉久不开。

春色满园关不住,一枝红杏出墙来。

73 晓出净慈寺送林子方
杨万里

毕竟西湖六月中,风光不与四时同。

接天莲叶无穷碧,映日荷花别样红。

74　长相思

纳兰性德

山一程，水一程，身向榆关那畔行，夜深千帐灯。

风一更，雪一更，聒碎乡心梦不成，故园无此声。

75　西江月·夜行黄沙道中

辛弃疾

明月别枝惊鹊，清风半夜鸣蝉。稻花香里说丰年，听取蛙声一片。

七八个星天外，两三点雨山前。旧时茅店社林边，路转溪桥忽见。

76　墨　梅

王　冕

我家洗砚池头树，朵朵花开淡墨痕。

不要人夸好颜色，只留清气满乾坤。

77　竹　石

郑　燮

咬定青山不放松，立根原在破岩中。

千磨万击还坚劲，任尔东西南北风。

78 石 灰 吟
于 谦
千锤万凿出深山,烈火焚烧若等闲。
粉身碎骨浑不怕,要留清白在人间。

79 泊船瓜洲
王安石
京口瓜洲一水间,钟山只隔数重山。
春风又绿江南岸,明月何时照我还?

80 游 子 吟
孟 郊
慈母手中线,游子身上衣。
临行密密缝,意恐迟迟归。
谁言寸草心,报得三春晖。

81 菩萨蛮·书江西造口壁
辛弃疾
郁孤台下清江水,中间多少行人泪。西北望长安,可怜无数山。

青山遮不住,毕竟东流去。江晚正愁余,山深闻鹧鸪。

82 望 洞 庭

刘禹锡

湖光秋月两相和，潭面无风镜未磨。

遥望洞庭山水色，白银盘里一青螺。

83 卜算子·咏梅

陆 游

驿外断桥边，寂寞开无主。已是黄昏独自愁，更著风和雨。

无意苦争春，一任群芳妒。零落成泥碾作尘，只有香如故。

84 秋浦歌（其十五）

李 白

白发三千丈，缘愁似个长。

不知明镜里，何处得秋霜。

85 七 步 诗

曹 植

煮豆持作羹，漉菽以为汁。

萁在釜下燃，豆在釜中泣。

本自同根生，相煎何太急？

86 出　塞

王昌龄

秦时明月汉时关，万里长征人未还。
但使龙城飞将在，不教胡马度阴山。

87 春夜喜雨

杜　甫

好雨知时节，当春乃发生。
随风潜入夜，润物细无声。
野径云俱黑，江船火独明。
晓看红湿处，花重锦官城。

88 示　儿

陆　游

死去元知万事空，但悲不见九州同。
王师北定中原日，家祭无忘告乃翁。

89 闻官军收河南河北

杜　甫

剑外忽传收蓟北，初闻涕泪满衣裳。
却看妻子愁何在，漫卷诗书喜欲狂。
白日放歌须纵酒，青春作伴好还乡。
即从巴峡穿巫峡，便下襄阳向洛阳。

90　风

李　峤

解落三秋叶，能开二月花。

过江千尺浪，入竹万竿斜。

91　凉州词

王　翰

葡萄美酒夜光杯，欲饮琵琶马上催。

醉卧沙场君莫笑，古来征战几人回。

92　芙蓉楼送辛渐

王昌龄

寒雨连江夜入吴，平明送客楚山孤。

洛阳亲友如相问，一片冰心在玉壶。

93　浪淘沙

刘禹锡

九曲黄河万里沙，浪淘风簸自天涯。

如今直上银河去，同到牵牛织女家。

94　蜂

罗　隐

不论平地与山尖，无限风光尽被占。

采得百花成蜜后，为谁辛苦为谁甜？

95　书湖阴先生壁
王安石
茅檐长扫净无苔，花木成畦手自栽。
一水护田将绿绕，两山排闼送青来。

96　六月二十七日望湖楼醉书
苏　轼
黑云翻墨未遮山，白雨跳珠乱入船。
卷地风来忽吹散，望湖楼下水如天。

97　秋夜将晓出篱门迎凉有感
陆　游
三万里河东入海，五千仞岳上摩天。
遗民泪尽胡尘里，南望王师又一年。

98　己亥杂诗
龚自珍
九州生气恃风雷，万马齐喑究可哀。
我劝天公重抖擞，不拘一格降人才。

99　从军行
王昌龄
青海长云暗雪山，孤城遥望玉门关。
黄沙百战穿金甲，不破楼兰终不还。

100 竹枝词

刘禹锡

杨柳青青江水平,闻郎江上踏歌声。
东边日出西边雨,道是无晴却有晴。

初中生必背古诗词 100 首

1 关 雎

《诗经》

关关雎鸠,在河之洲。

窈窕淑女,君子好逑。

参差荇菜,左右流之。

窈窕淑女,寤寐求之。

求之不得,寤寐思服。

悠哉悠哉,辗转反侧。

参差荇菜,左右采之。

窈窕淑女,琴瑟友之。

参差荇菜,左右芼之。

窈窕淑女,钟鼓乐之。

2 蒹 葭

《诗经》

蒹葭苍苍,白露为霜。

所谓伊人,在水一方。

溯洄从之,道阻且长。

溯游从之,宛在水中央。

蒹葭萋萋,白露未晞。

所谓伊人,在水之湄。

溯洄从之,道阻且跻。

溯游从之,宛在水中坻。

蒹葭采采,白露未已。

所谓伊人,在水之涘。

溯洄从之,道阻且右。

溯游从之,宛在水中沚。

3　观　沧　海
曹　操

东临碣石,以观沧海。

水何澹澹,山岛竦峙。

树木丛生,百草丰茂。

秋风萧瑟,洪波涌起。

日月之行,若出其中;

星汉灿烂,若出其里。

幸甚至哉,歌以咏志。

4　龟　虽　寿
曹　操

神龟虽寿,犹有竟时。

腾蛇乘雾,终为土灰。

老骥伏枥,志在千里。

烈士暮年,壮心不已。

盈缩之期,不但在天;

养怡之福,可得永年。

幸甚至哉,歌以咏志。

5　十五从军征

《乐府诗集》

十五从军征，八十始得归。

道逢乡里人："家中有阿谁？"

"遥望是君家，松柏冢累累。"

兔从狗窦入，雉从梁上飞。

中庭生旅谷，井上生旅葵。

舂谷持作饭，采葵持作羹。

羹饭一时熟，不知贻阿谁。

出门东向看，泪落沾我衣。

6　涉江采芙蓉

《古诗十九首》

涉江采芙蓉，兰泽多芳草。

采之欲遗谁？所思在远道。

还顾望旧乡，长路漫浩浩。

同心而离居，忧伤以终老。

7　迢迢牵牛星

《古诗十九首》

迢迢牵牛星，皎皎河汉女。
纤纤擢素手，札札弄机杼。
终日不成章，泣涕零如雨。
河汉清且浅，相去复几许？
盈盈一水间，脉脉不得语。

8　长 歌 行

《乐府诗集》

青青园中葵，朝露待日晞。
阳春布德泽，万物生光辉。
常恐秋节至，焜黄华叶衰。
百川东到海，何时复西归？
少壮不努力，老大徒伤悲。

9　赠 从 弟（其二）

刘　桢

亭亭山上松，瑟瑟谷中风。
风声一何盛，松枝一何劲！
冰霜正惨凄，终岁常端正。
岂不罹凝寒，松柏有本性！

10　归园田居（其三）

　　陶渊明

种豆南山下，草盛豆苗稀。

晨兴理荒秽，带月荷锄归。

道狭草木长，夕露沾我衣。

衣沾不足惜，但使愿无违。

11　饮酒（其五）

　　陶渊明

结庐在人境，而无车马喧。

问君何能尔？心远地自偏。

采菊东篱下，悠然见南山。

山气日夕佳，飞鸟相与还。

此中有真意，欲辨已忘言。

12　山中杂诗

　　吴　均

山际见来烟，竹中窥落日。

鸟向檐上飞，云从窗里出。

13 野　望

王　绩

东皋薄暮望，徙倚欲何依。
树树皆秋色，山山唯落晖。
牧人驱犊返，猎马带禽归。
相顾无相识，长歌怀采薇。

14　送杜少府之任蜀州

王　勃

城阙辅三秦，风烟望五津。
与君离别意，同是宦游人。
海内存知己，天涯若比邻。
无为在歧路，儿女共沾巾。

15　从 军 行

杨　炯

烽火照西京，心中自不平。
牙璋辞凤阙，铁骑绕龙城。
雪暗凋旗画，风多杂鼓声。
宁为百夫长，胜作一书生。

16　登幽州台歌

陈子昂

前不见古人，后不见来者。

念天地之悠悠，独怆然而涕下！

17　竹里馆

王　维

独坐幽篁里，弹琴复长啸。

深林人不知，明月来相照。

18　使至塞上

王　维

单车欲问边，属国过居延。

征蓬出汉塞，归雁入胡天。

大漠孤烟直，长河落日圆。

萧关逢候骑，都护在燕然。

19　终南别业

王　维

中岁颇好道，晚家南山陲。

兴来每独往，胜事空自知。

行到水穷处，坐看云起时。

偶然值林叟，谈笑无还期。

20　早寒江上有怀

孟浩然

木落雁南度，北风江上寒。
我家襄水曲，遥隔楚云端。
乡泪客中尽，孤帆天际看。
迷津欲有问，平海夕漫漫。

21　望洞庭湖赠张丞相

孟浩然

八月湖水平，涵虚混太清。
气蒸云梦泽，波撼岳阳城。
欲济无舟楫，端居耻圣明。
坐观垂钓者，徒有羡鱼情。

22　过故人庄

孟浩然

故人具鸡黍，邀我至田家。
绿树村边合，青山郭外斜。
开轩面场圃，把酒话桑麻。
待到重阳日，还来就菊花。

23　次北固山下

　　王　湾

客路青山外，行舟绿水前。

潮平两岸阔，风正一帆悬。

海日生残夜，江春入旧年。

乡书何处达？归雁洛阳边。

24　题破山寺后禅院

　　常　建

清晨入古寺，初日照高林。

曲径通幽处，禅房花木深。

山光悦鸟性，潭影空人心。

万籁此都寂，但余钟磬音。

25　闻王昌龄左迁龙标遥有此寄

　　李　白

杨花落尽子规啼，闻道龙标过五溪。

我寄愁心与明月，随风直到夜郎西。

26　峨眉山月歌

　　李　白

峨眉山月半轮秋，影入平羌江水流。

夜发清溪向三峡，思君不见下渝州。

27　春夜洛城闻笛

李　白

谁家玉笛暗飞声，散入春风满洛城。
此夜曲中闻折柳，何人不起故园情。

28　送 友 人

李　白

青山横北郭，白水绕东城。
此地一为别，孤蓬万里征。
浮云游子意，落日故人情。
挥手自兹去，萧萧班马鸣。

29　行 路 难（其一）

李　白

金樽清酒斗十千，玉盘珍羞直万钱。
停杯投箸不能食，拔剑四顾心茫然。
欲渡黄河冰塞川，将登太行雪满山。
闲来垂钓碧溪上，忽复乘舟梦日边。
行路难！行路难！多歧路，今安在？
长风破浪会有时，直挂云帆济沧海。

30　宣州谢朓楼饯别校书叔云

李　白

弃我去者，昨日之日不可留；

乱我心者，今日之日多烦忧。

长风万里送秋雁，对此可以酣高楼。

蓬莱文章建安骨，中间小谢又清发。

俱怀逸兴壮思飞，欲上青天览明月。

抽刀断水水更流，举杯消愁愁更愁。

人生在世不称意，明朝散发弄扁舟。

31　月下独酌

李　白

花间一壶酒，独酌无相亲。

举杯邀明月，对影成三人。

月既不解饮，影徒随我身。

暂伴月将影，行乐须及春。

我歌月徘徊，我舞影零乱。

醒时相交欢，醉后各分散。

永结无情游，相期邈云汉。

32　渡荆门送别

李　白

渡远荆门外，来从楚国游。

山随平野尽，江入大荒流。

月下飞天镜，云生结海楼。

仍怜故乡水，万里送行舟。

33　江南逢李龟年

杜　甫

岐王宅里寻常见，崔九堂前几度闻。

正是江南好风景，落花时节又逢君。

34　望　岳

杜　甫

岱宗夫如何？齐鲁青未了。

造化钟神秀，阴阳割昏晓。

荡胸生曾云，决眦入归鸟。

会当凌绝顶，一览众山小。

35　春　望

杜　甫

国破山河在，城春草木深。

感时花溅泪，恨别鸟惊心。

烽火连三月，家书抵万金。

白头搔更短，浑欲不胜簪。

36　茅屋为秋风所破歌

杜　甫

　　八月秋高风怒号，卷我屋上三重茅。茅飞渡江洒江郊，高者挂罥长林梢，下者飘转沉塘坳。

　　南村群童欺我老无力，忍能对面为盗贼。公然抱茅入竹去，唇焦口燥呼不得，归来倚杖自叹息。

　　俄顷风定云墨色，秋天漠漠向昏黑。布衾多年冷似铁，娇儿恶卧踏里裂。床头屋漏无干处，雨脚如麻未断绝。自经丧乱少睡眠，长夜沾湿何由彻！

　　安得广厦千万间，大庇天下寒士俱欢颜！风雨不动安如山。呜呼！何时眼前突兀见此屋，吾庐独破受冻死亦足！

37　石　壕　吏

杜　甫

暮投石壕村，有吏夜捉人。

老翁逾墙走，老妇出门看。

吏呼一何怒！妇啼一何苦！

听妇前致词：三男邺城戍。
一男附书至，二男新战死。
存者且偷生，死者长已矣！
室中更无人，惟有乳下孙。
有孙母未去，出入无完裙。
老妪力虽衰，请从吏夜归。
急应河阳役，犹得备晨炊。
夜久语声绝，如闻泣幽咽。
天明登前途，独与老翁别。

38　羌村三首（其三）

杜　甫

群鸡正乱叫，客至鸡斗争。
驱鸡上树木，始闻叩柴荆。
父老四五人，问我久远行。
手中各有携，倾榼浊复清。
莫辞酒味薄，黍地无人耕。
兵戈既未息，儿童尽东征。
请为父老歌，艰难愧深情。
歌罢仰天叹，四座泪纵横。

39 登 楼

杜 甫

花近高楼伤客心,万方多难此登临。
锦江春色来天地,玉垒浮云变古今。
北极朝廷终不改,西山寇盗莫相侵。
可怜后主还祠庙,日暮聊为《梁甫吟》。

40 左迁至蓝关示侄孙湘

韩 愈

一封朝奏九重天,夕贬潮阳路八千。
欲为圣明除弊事,肯将衰朽惜残年!
云横秦岭家何在?雪拥蓝关马不前。
知汝远来应有意,好收吾骨瘴江边。

41 送灵澈上人

刘长卿

苍苍竹林寺,杳杳钟声晚。
荷笠带斜阳,青山独归远。

42 白雪歌送武判官归京

岑 参

北风卷地白草折,胡天八月即飞雪。
忽如一夜春风来,千树万树梨花开。
散入珠帘湿罗幕,狐裘不暖锦衾薄。

将军角弓不得控,都护铁衣冷难着。
瀚海阑干百丈冰,愁云惨淡万里凝。
中军置酒饮归客,胡琴琵琶与羌笛。
纷纷暮雪下辕门,风掣红旗冻不翻。
轮台东门送君去,去时雪满天山路。
山回路转不见君,雪上空留马行处。

43　走马川行奉送封大夫出师西征

岑　参

君不见走马川行雪海边,平沙莽莽黄入天。
轮台九月风夜吼,一川碎石大如斗,
随风满地石乱走。匈奴草黄马正肥,
金山西见烟尘飞,汉家大将西出师。
将军金甲夜不脱,半夜军行戈相拨,
风头如刀面如割。马毛带雪汗气蒸,
五花连钱旋作冰,幕中草檄砚水凝。
虏骑闻之应胆慑,料知短兵不敢接,
车师西门伫献捷。

44　逢入京使

岑　参

故园东望路漫漫,双袖龙钟泪不干。
马上相逢无纸笔,凭君传语报平安。

45 黄鹤楼

崔　颢

昔人已乘黄鹤去，此地空余黄鹤楼。
黄鹤一去不复返，白云千载空悠悠。
晴川历历汉阳树，芳草萋萋鹦鹉洲。
日暮乡关何处是？烟波江上使人愁。

46 观刈麦

白居易

田家少闲月，五月人倍忙。
夜来南风起，小麦覆陇黄。
妇姑荷箪食，童稚携壶浆。
相随饷田去，丁壮在南冈。
足蒸暑土气，背灼炎天光。
力尽不知热，但惜夏日长。
复有贫妇人，抱子在其旁。
右手秉遗穗，左臂悬敝筐。
听其相顾言，闻者为悲伤。
家田输税尽，拾此充饥肠。
今我何功德，曾不事农桑。
吏禄三百石，岁晏有余粮。
念此私自愧，尽日不能忘。

47　望月有感

白居易

自河南经乱，关内阻饥，兄弟离散，各在一处。因望月有感，聊书所怀，寄上浮梁大兄、於潜七兄、乌江十五兄，兼示符离及下邽弟妹。

时难年荒世业空，弟兄羁旅各西东。
田园寥落干戈后，骨肉流离道路中。
吊影分为千里雁，辞根散作九秋蓬。
共看明月应垂泪，一夜乡心五处同。

48　钱塘湖春行

白居易

孤山寺北贾亭西，水面初平云脚低。
几处早莺争暖树，谁家新燕啄春泥。
乱花渐欲迷人眼，浅草才能没马蹄。
最爱湖东行不足，绿杨阴里白沙堤。

49　雁门太守行

李　贺

黑云压城城欲摧，甲光向日金鳞开。
角声满天秋色里，塞上燕脂凝夜紫。
半卷红旗临易水，霜重鼓寒声不起。
报君黄金台上意，提携玉龙为君死。

50 秋　词

刘禹锡

自古逢秋悲寂寥，我言秋日胜春朝。
晴空一鹤排云上，便引诗情到碧霄。

51 酬乐天扬州初逢席上见赠

刘禹锡

巴山楚水凄凉地，二十三年弃置身。
怀旧空吟闻笛赋，到乡翻似烂柯人。
沉舟侧畔千帆过，病树前头万木春。
今日听君歌一曲，暂凭杯酒长精神。

52 乌 衣 巷

刘禹锡

朱雀桥边野草花，乌衣巷口夕阳斜。
旧时王谢堂前燕，飞入寻常百姓家。

53 早春呈水部张十八员外

韩　愈

天街小雨润如酥，草色遥看近却无。
最是一年春好处，绝胜烟柳满皇都。

54　月　夜

刘方平

更深月色半人家,北斗阑干南斗斜。
今夜偏知春气暖,虫声新透绿窗纱。

55　无　题

李商隐

相见时难别亦难,东风无力百花残。
春蚕到死丝方尽,蜡炬成灰泪始干。
晓镜但愁云鬓改,夜吟应觉月光寒。
蓬山此去无多路,青鸟殷勤为探看。

56　无　题

李商隐

昨夜星辰昨夜风,画楼西畔桂堂东。
身无彩凤双飞翼,心有灵犀一点通。
隔座送钩春酒暖,分曹射覆蜡灯红。
嗟余听鼓应官去,走马兰台类转蓬。

57　夜雨寄北

李商隐

君问归期未有期,巴山夜雨涨秋池。
何当共剪西窗烛,却话巴山夜雨时。

58 泊秦淮

杜 牧

烟笼寒水月笼沙，夜泊秦淮近酒家。

商女不知亡国恨，隔江犹唱后庭花。

59 赤 壁

杜 牧

折戟沉沙铁未销，自将磨洗认前朝。

东风不与周郎便，铜雀春深锁二乔。

60 望 江 南

温庭筠

梳洗罢，独倚望江楼。过尽千帆皆不是，斜晖脉脉水悠悠。肠断白蘋洲。

61 商山早行

温庭筠

晨起动征铎，客行悲故乡。

鸡声茅店月，人迹板桥霜。

槲叶落山路，枳花照驿墙。

因思杜陵梦，凫雁满回塘。

62 约 客
赵师秀

黄梅时节家家雨,青草池塘处处蛙。
有约不来过夜半,闲敲棋子落灯花。

63 相 见 欢
李 煜

无言独上西楼,月如钩。寂寞梧桐深院锁清秋。
剪不断,理还乱,是离愁,别是一般滋味在心头。

64 浣 溪 沙
晏 殊

一曲新词酒一杯,去年天气旧亭台。夕阳西下几时回?
无可奈何花落去,似曾相识燕归来。小园香径独徘徊。

65 破 阵 子
晏 殊

燕子来时新社,梨花落后清明。池上碧苔三四点,叶底黄鹂一两声,日长飞絮轻。

巧笑东邻女伴,采桑径里逢迎。疑怪昨宵春梦好,元是今朝斗草赢,笑从双脸生。

66 鲁山山行

梅尧臣

适与野情惬，千山高复低。
好峰随处改，幽径独行迷。
霜落熊升树，林空鹿饮溪。
人家在何许，云外一声鸡。

67 渔家傲·秋思

范仲淹

塞下秋来风景异，衡阳雁去无留意。四面边声连角起，千嶂里，长烟落日孤城闭。

浊酒一杯家万里，燕然未勒归无计。羌管悠悠霜满地，人不寐，将军白发征夫泪。

68 踏莎行

欧阳修

候馆梅残，溪桥柳细，草薰风暖摇征辔。离愁渐远渐无穷，迢迢不断如春水。

寸寸柔肠，盈盈粉泪，楼高莫近危阑倚。平芜尽处是春山，行人更在春山外。

69 卜算子·送鲍浩然之浙东

王观

水是眼波横，山是眉峰聚。欲问行人去那边？眉眼盈盈处。

才始送春归，又送君归去。若到江南赶上春，千万和春住。

70 浣 溪 沙
苏 轼

簌簌衣巾落枣花,村南村北响缲车。牛衣古柳卖黄瓜。

酒困路长惟欲睡,日高人渴漫思茶。敲门试问野人家。

71 水调歌头
苏 轼

丙辰中秋,欢饮达旦,大醉,作此篇,兼怀子由。

明月几时有?把酒问青天。不知天上宫阙,今夕是何年。我欲乘风归去,又恐琼楼玉宇,高处不胜寒。起舞弄清影,何似在人间。

转朱阁,低绮户,照无眠。不应有恨,何事长向别时圆?人有悲欢离合,月有阴晴圆缺,此事古难全。但愿人长久,千里共婵娟。

72 江城子·密州出猎
苏 轼

老夫聊发少年狂,左牵黄,右擎苍,锦帽貂裘,千骑卷平冈。为报倾城随太守,亲射虎,看孙郎。

酒酣胸胆尚开张,鬓微霜,又何妨!持节云中,何日遣冯唐?会挽雕弓如满月,西北望,射天狼。

73 浣 溪 沙
苏 轼

游蕲水清泉寺,寺临兰溪,溪水西流。

山下兰芽短浸溪,松间沙路净无泥。潇潇暮雨子规啼。

谁道人生无再少？门前流水尚能西！休将白发唱黄鸡。

74　过松源晨炊漆公店

杨万里

莫言下岭便无难，赚得行人空喜欢；
正入万山圈子里，一山放过一山拦。

75　观书有感

朱　熹

半亩方塘一鉴开，天光云影共徘徊。
问渠那得清如许？为有源头活水来。

76　武　陵　春

李清照

风住尘香花已尽，日晚倦梳头。物是人非事事休，欲语泪先流。

闻说双溪春尚好，也拟泛轻舟，只恐双溪舴艋舟，载不动许多愁。

77　醉　花　阴

李清照

薄雾浓云愁永昼，瑞脑销金兽。佳节又重阳，玉枕纱厨，半夜凉初透。

东篱把酒黄昏后，有暗香盈袖。莫道不消魂，帘卷西风，人比黄花瘦。

78　渔 家 傲

李清照

天接云涛连晓雾，星河欲转千帆舞。仿佛梦魂归帝所。闻天语，殷勤问我归何处。

我报路长嗟日暮，学诗谩有惊人句。九万里风鹏正举。风休住，蓬舟吹取三山去！

79　十一月四日风雨大作

陆　游

僵卧孤村不自哀，尚思为国戍轮台。
夜阑卧听风吹雨，铁马冰河入梦来。

80　游山西村

陆　游

莫笑农家腊酒浑，丰年留客足鸡豚。
山重水复疑无路，柳暗花明又一村。
箫鼓追随春社近，衣冠简朴古风存。
从今若许闲乘月，拄杖无时夜扣门。

81　如 梦 令

李清照

昨夜雨疏风骤，浓睡不消残酒。试问卷帘人，却道海棠依旧。知否，知否？应是绿肥红瘦。

82　临安春雨初霁

陆　游

世味年来薄似纱，谁令骑马客京华？
小楼一夜听春雨，深巷明朝卖杏花。
矮纸斜行闲作草，晴窗细乳戏分茶。
素衣莫起风尘叹，犹及清明可到家。

83　钗头凤

陆　游

红酥手，黄縢酒。满城春色宫墙柳。东风恶，欢情薄。一怀愁绪，几年离索。错，错，错！

春如旧，人空瘦。泪痕红浥鲛绡透。桃花落，闲池阁。山盟虽在，锦书难托。莫，莫，莫！

84　冬夜读书示子聿

陆　游

古人学问无遗力，少壮工夫老始成。
纸上得来终觉浅，绝知此事要躬行。

85　诉衷情

陆　游

当年万里觅封侯，匹马戍梁州。关河梦断何处？尘暗旧貂裘。
胡未灭，鬓先秋，泪空流。此生谁料，心在天山，身老沧洲。

86　破阵子·为陈同甫赋壮词以寄之
辛弃疾

醉里挑灯看剑，梦回吹角连营。八百里分麾下炙，五十弦翻塞外声，沙场秋点兵。

马作的卢飞快，弓如霹雳弦惊。了却君王天下事，赢得生前身后名。可怜白发生！

87　青玉案·元夕
辛弃疾

东风夜放花千树，更吹落，星如雨。宝马雕车香满路。凤箫声动，玉壶光转，一夜鱼龙舞。

蛾儿雪柳黄金缕，笑语盈盈暗香去。众里寻他千百度，蓦然回首，那人却在，灯火阑珊处。

88　南乡子·登京口北固亭有怀
辛弃疾

何处望神州？满眼风光北固楼。千古兴亡多少事？悠悠。不尽长江滚滚流。

年少万兜鍪，坐断东南战未休。天下英雄谁敌手？曹刘。生子当如孙仲谋。

89　过零丁洋
文天祥

辛苦遭逢起一经，干戈寥落四周星。

山河破碎风飘絮，身世浮沉雨打萍。
惶恐滩头说惶恐，零丁洋里叹零丁。
人生自古谁无死？留取丹心照汗青。

90　山坡羊·潼关怀古

张养浩

峰峦如聚，波涛如怒，山河表里潼关路。望西都，意踌躇。伤心秦汉经行处，宫阙万间都做了土。兴，百姓苦！亡，百姓苦！

91　山坡羊·骊山怀古

张养浩

骊山四顾，阿房一炬，当时奢侈今何处？只见草萧疏，水萦纡。至今遗恨迷烟树。列国周齐秦汉楚，赢，都变做了土；输，都变做了土。

92　朝天子·咏喇叭

王　磐

喇叭，唢呐，曲儿小腔儿大。官船来往乱如麻，全仗你抬身价。军听了军愁，民听了民怕。哪里去辨甚么真共假？眼见的吹翻了这家，吹伤了那家，只吹的水尽鹅飞罢！

93　天净沙·秋思

马致远

枯藤老树昏鸦，小桥流水人家，古道西风瘦马。夕阳西下，断肠人在天涯。

94　别云间

夏完淳

三年羁旅客,今日又南冠。

无限山河泪,谁言天地宽。

已知泉路近,欲别故乡难。

毅魄归来日,灵旗空际看。

95　论　诗

赵　翼

李杜诗篇万口传,至今已觉不新鲜。

江山代有才人出,各领风骚数百年。

96　生查子·元夕

欧阳修

去年元夜时,花市灯如昼。月上柳梢头,人约黄昏后。

今年元夜时,月与灯依旧。不见去年人,泪湿春衫袖。

97　己亥杂诗

龚自珍

浩荡离愁白日斜,吟鞭东指即天涯。

落红不是无情物,化作春泥更护花。

98　赴戍登程口占示家人

林则徐

力微任重久神疲，再竭衰庸定不支。

苟利国家生死以，岂因祸福避趋之？

谪居正是君恩厚，养拙刚于戍卒宜。

戏与山妻谈故事，试吟断送老头皮。

99　木 兰 词

纳兰性德

人生若只如初见，何事秋风悲画扇。等闲变却故人心，却道故人心易变。

骊山语罢清宵半，泪雨霖铃终不怨。何如薄幸锦衣郎，比翼连枝当日愿。

100　满 江 红

秋　瑾

小住京华，早又是，中秋佳节。为篱下，黄花开遍，秋容如拭。四面歌残终破楚，八年风味徒思浙。苦将侬，强派作蛾眉，殊未屑！

身不得，男儿列；心却比，男儿烈！算平生肝胆，因人常热。俗子胸襟谁识我？英雄末路当磨折。莽红尘，何处觅知音？青衫湿！

高中生必背古诗词 60 首

1 氓

《诗经》

氓之蚩蚩，抱布贸丝。匪来贸丝，来即我谋。送子涉淇，至于顿丘。匪我愆期，子无良媒。将子无怒，秋以为期。

乘彼垝垣，以望复关。不见复关，泣涕涟涟。既见复关，载笑载言。尔卜尔筮，体无咎言。以尔车来，以我贿迁。

桑之未落，其叶沃若。于嗟鸠兮，无食桑葚！于嗟女兮，无与士耽！士之耽兮，犹可说也。女之耽兮，不可说也！

桑之落矣，其黄而陨。自我徂尔，三岁食贫。淇水汤汤，渐车帷裳。女也不爽，士贰其行。士也罔极，二三其德。

三岁为妇，靡室劳矣。夙兴夜寐，靡有朝矣。言既遂矣，至于暴矣。兄弟不知，咥其笑矣。静言思之，躬自悼矣。

及尔偕老，老使我怨。淇则有岸，隰则有泮。总角之宴，言笑晏晏。信誓旦旦，不思其反。反是不思，亦已焉哉！

2 采薇

《诗经》

采薇采薇，薇亦作止。曰归曰归，岁亦莫止。靡室靡家，猃狁之故。不遑启居，猃狁之故。

采薇采薇，薇亦柔止。曰归曰归，心亦忧止。忧心烈烈，载饥载渴。我戍未定，靡使归聘。

采薇采薇，薇亦刚止。曰归曰归，岁亦阳止。王事靡盬，不遑启处。忧心孔疚，我行不来。

彼尔维何，维常之华。彼路斯何？君子之车。戎车既驾，四牡业业。岂敢定居？一月三捷。

驾彼四牡，四牡骙骙。君子所依，小人所腓。四牡翼翼，象弭鱼服。岂不日戒，猃狁孔棘。

昔我往矣，杨柳依依。今我来思，雨雪霏霏。行道迟迟，载渴载饥。我心伤悲，莫知我哀！

3　邶风·静女

《诗经》

静女其姝，俟我于城隅。爱而不见，搔首踟蹰。
静女其娈，贻我彤管。彤管有炜，说怿女美。
自牧归荑，洵美且异。匪女之为美，美人之贻。

4　离　骚

屈　原

帝高阳之苗裔兮，朕皇考曰伯庸。摄提贞于孟陬兮，惟庚寅吾以降。皇览揆余初度兮，肇锡余以嘉名：名余曰正则兮，字余曰灵均。

纷吾既有此内美兮，又重之以修能。扈江离与辟芷兮，纫秋兰以为佩。汨余若将不及兮，恐年岁之不吾与。朝搴阰之木兰兮，夕揽洲之宿莽。日月忽其不淹兮，春与秋其代序。惟草木之零落兮，恐美人之迟暮。不抚壮而弃秽兮，何不改乎此度？乘骐骥以驰骋兮，来吾道夫先路！

昔三后之纯粹兮，固众芳之所在。杂申椒与菌桂兮，岂维纫夫蕙茝？彼尧舜之耿介兮，既遵道而得路。何桀纣之猖披兮，夫唯捷径以窘步。惟夫党人之偷乐兮，路幽昧以险隘。岂余身之惮殃兮，恐皇舆之败绩。忽奔走以先后兮，及前王之踵武。荃不察余之中情兮，反信谗而齌怒。余固知謇謇之为患兮，忍而不能舍也。指九天以为正兮，夫唯灵修之故也。曰黄昏以为期兮，羌中道而改路！初既与余成言兮，后悔遁而有他。余既不难夫离别兮，伤灵修之数化。

余既滋兰之九畹兮，又树蕙之百亩。畦留夷与揭车兮，杂杜衡与芳芷。冀枝叶之峻茂兮，愿俟时乎吾将刈。虽萎绝其亦何伤兮，哀众芳之芜秽。

众皆竞进以贪婪兮，凭不厌乎求索。羌内恕己以量人兮，各兴心而嫉妒。忽驰骛以追逐兮，非余心之所急。老冉冉其将至兮，恐修名之不立。朝饮木兰之坠露兮，夕餐秋菊之落英。

苟余情其信姱以练要兮，长顑颔亦何伤？揽木根以结茞兮，贯薜荔之落蕊。矫菌桂以纫蕙兮，索胡绳之纚纚。謇吾法夫前修兮，非世俗之所服。虽不周于今之人兮，愿依彭咸之遗则。

长太息以掩涕兮，哀民生之多艰。余虽好修姱以靰羁兮，謇朝谇而夕替。既替余以蕙纕兮，又申之以揽茝。亦余心之所善兮，虽九死其犹未悔。怨灵修之浩荡兮，终不察夫民心。众女嫉余之蛾眉兮，谣诼谓余以善淫。固时俗之工巧兮，偭规矩而改错。背绳墨以追曲兮，竞周容以为度。忳郁邑余侘傺兮，吾独穷困乎此时也。宁溘死以流亡兮，余不忍为此态也。鸷鸟之不群兮，自前世而固然。何方圜之能周兮？夫孰异道而相安？屈心而抑志兮，忍尤而攘诟。伏清白以死直兮，固前圣之所厚。

悔相道之不察兮，延伫乎吾将反。回朕车以复路兮，及行迷之未远。步余马于兰皋兮，驰椒丘且焉止息。进不入以离尤兮，退将复修吾初服。制芰荷以为衣兮，集芙蓉以为裳。不吾知其亦已兮，苟余情其信芳。高余冠之岌岌兮，长余佩之陆离。芳与泽其杂糅兮，唯昭质其犹未亏。忽反顾以游目兮，将往观乎四荒。佩缤纷其繁饰兮，芳菲菲其弥章。民生各有所乐兮，余独好修以为常。虽体解吾犹未变兮，岂余心之可惩？

女嬃之婵媛兮，申申其詈予，曰鲧婞直以亡身兮，终然殀乎羽之野。汝何博謇而好修兮，纷独有此姱节。薋菉葹以盈室兮，判独离而不服。众不可户说兮，孰云察余之中情？世并举而好朋兮，夫何茕独而不予听？

依前圣以节中兮，喟凭心而历兹。济沅湘以南征兮，就重华而陈词：启《九辩》与《九歌》兮，夏康娱以自纵。不顾难以图后兮，五子用失乎家巷。羿淫游以佚畋兮，又好射夫封狐。固乱流其鲜终兮，浞又贪夫厥家。浇身被服强圉兮，纵欲而不忍。日康娱而自忘兮，厥首用夫颠陨。夏桀之常违兮，乃遂焉而逢殃。后辛之菹醢兮，殷宗用而不长。汤、禹俨而祗敬兮，周论道而莫差。举贤才而授能兮，循绳墨而不颇。皇天无私阿兮，览民德焉错辅。

夫维圣哲以茂行兮，苟得用此下土。瞻前而顾后兮，相观民之计极。夫孰非义而可用兮，孰非善而可服？阽余身而危死兮，览余初其犹未悔。不量凿而正枘兮，固前修以菹醢。曾歔欷余郁邑兮，哀朕时之不当。揽茹蕙以掩涕兮，沾余襟之浪浪。

跪敷衽以陈辞兮，耿吾既得此中正。驷玉虬以乘鹥兮，溘埃风余上征。朝发轫于苍梧兮，夕余至乎县圃。欲少留此灵琐兮，日忽忽其将暮。吾令羲和弭节兮，望崦嵫而勿迫。路曼曼其修远兮，吾将上下而求索。饮余马于咸池兮，总余辔乎扶桑。折若木以拂日兮，聊逍遥以相羊。前望舒使先驱兮，后飞廉使奔属。鸾皇为余先戒兮，雷师告余以未具。吾令凤鸟飞腾兮，继之以日夜。飘风屯其相离兮，帅云霓而来御。纷总总其离合兮，斑陆离其上下。吾令帝阊开关兮，倚阊阖而望予。时暧暧其将罢兮，结幽兰而延伫。世溷浊而不分兮，好蔽美而嫉妒。

朝吾将济于白水兮，登阆风而绁马。忽反顾以流涕兮，哀高丘之无女。溘吾游此春宫兮，折琼枝以继佩。及荣华之未落兮，相下女之可诒。吾令丰隆乘云兮，求宓妃之所在。解佩纕以结言兮，吾令謇修以为理。纷总总其离合兮，忽纬繣其难迁。夕归次于穷石兮，朝濯发乎洧盘。保厥美以骄傲兮，日康娱以淫游。虽信美而无礼兮，来违弃而改求。览相观于四极兮，周流乎天余乃下。望瑶台之偃蹇兮，见有娀之佚女。吾令鸩为媒兮，鸩告余以不好。雄鸠之鸣逝兮，余犹恶其佻巧。心犹豫而狐疑兮，欲自适而不可。凤皇既受诒兮，恐高辛之先我。

欲远集而无所止兮，聊浮游以逍遥。及少康之未家兮，留有虞之二姚。理弱而媒拙兮，恐导言之不固。世溷浊而嫉贤兮，好蔽美而称恶。闺中既以邃远兮，哲王又不寤。怀朕情而不发兮，余焉能忍与此终古？

索藑茅以筳篿兮，命灵氛为余占之。曰两美其必合兮，孰信修而慕之？思九州之博大兮，岂惟是其有女？曰勉远逝而无狐疑兮，孰求美而释女？何所独无芳草兮，尔何怀乎故宇？

世幽昧以昡曜兮，孰云察余之善恶？民好恶其不同兮，惟此党人其独异！户服艾以盈要兮，谓幽兰其不可佩。览察草木其犹未得兮，岂珵美之能当？苏粪壤以充帏兮，谓申椒其不芳。欲从灵氛之吉占兮，心犹豫而狐疑。巫咸将夕降兮，怀椒糈而要之。百神翳其备降兮，九疑缤其并迎。皇剡剡其扬灵兮，告余以吉故。曰勉升降以上下兮，求矩矱之所同。汤禹俨而求合兮，挚咎繇而能调。苟中情其好修兮，又何必用夫行媒？说操筑于傅岩兮，武丁用而不疑。

吕望之鼓刀兮，遭周文而得举。宁戚之讴歌兮，齐桓闻以该辅。及年岁之未晏兮，时亦犹其未央。恐鹈鴂之先鸣兮，使夫百草为之不芳。

何琼佩之偃蹇兮，众薆然而蔽之。惟此党人之不谅兮，恐嫉妒而折之。时缤纷其变易兮，又何可以淹留？兰芷变而不芳兮，荃蕙化而为茅。何昔日之芳草兮，今直为此萧艾也？岂其有他故兮，莫好修之害也！余以兰为可恃兮，羌无实而容长。委厥美以从俗兮，苟得列乎众芳。椒专佞以慢慆兮，樧又欲充夫佩帏。既干进而务入兮，又何芳之能祗？固时俗之流从兮，又孰能无变化？览椒兰其若兹兮，又况揭车与江离？惟兹佩之可贵兮，委厥美而历兹。芳菲菲而难亏兮，芬至今犹未沫。和调度以自娱兮，聊浮游而求女。及余饰之方壮兮，周流观乎上下。

灵氛既告余以吉占兮，历吉日乎吾将行。折琼枝以为羞兮，精琼爢以为粻。为余驾飞龙兮，杂瑶象以为车。何离心之可同兮，吾将远逝以自疏。遭吾道夫昆仑兮，路修远以周流。

扬云霓之晻蔼兮，鸣玉鸾之啾啾。朝发轫于天津兮，夕余至乎西极。凤皇翼其承旂兮，高翱翔之翼翼。忽吾行此流沙兮，遵赤水而容与。麾蛟龙使梁津兮，诏西皇使涉予。路修远以多艰兮，腾众车使径侍。路不周以左转兮，指西海以为期。屯余车其千乘兮，齐玉轪而并驰。

驾八龙之婉婉兮，载云旗之委蛇。抑志而弭节兮，神高驰之邈邈。奏《九歌》而舞《韶》兮，聊假日以媮乐。陟升皇之赫戏兮，忽临睨夫旧乡。仆夫悲余马怀兮，蜷局顾而不行。

乱曰：已矣哉！国无人莫我知兮，又何怀乎故都！既莫足与为美政兮，吾将从彭咸之所居！

5 湘夫人

屈 原

帝子降兮北渚，目眇眇兮愁予。
袅袅兮秋风，洞庭波兮木叶下。
登白薠兮骋望，与佳期兮夕张。
鸟何萃兮蘋中，罾何为兮木上？
沅有茝兮澧有兰，思公子兮未敢言。
荒忽兮远望，观流水兮潺湲。
麋何食兮庭中？蛟何为兮水裔？
朝驰余马兮江皋，夕济兮西澨。
闻佳人兮召予，将腾驾兮偕逝。
筑室兮水中，葺之兮荷盖。
荪壁兮紫坛，播芳椒兮成堂。
桂栋兮兰橑，辛夷楣兮药房。
罔薜荔兮为帷，擗蕙櫋兮既张。
白玉兮为镇，疏石兰兮为芳。
芷葺兮荷屋，缭之兮杜衡。
合百草兮实庭，建芳馨兮庑门。
九嶷缤兮并迎，灵之来兮如云。
捐余袂兮江中，遗余褋兮澧浦。
搴汀洲兮杜若，将以遗褋兮远者。
时不可兮骤得，聊逍遥兮容与。

6 国 殇

屈 原

操吴戈兮被犀甲，车错毂兮短兵接。
旌蔽日兮敌若云，矢交坠兮士争先。
凌余阵兮躐余行，左骖殪兮右刃伤。
霾两轮兮絷四马，援玉枹兮击鸣鼓。
天时怼兮威灵怒，严杀尽兮弃原野。
出不入兮往不反，平原忽兮路超远。
带长剑兮挟秦弓，首身离兮心不惩。
诚既勇兮又以武，终刚强兮不可凌。
身既死兮神以灵，魂魄毅兮为鬼雄。

7 短 歌 行

曹 操

对酒当歌，人生几何！
譬如朝露，去日苦多。
慨当以慷，忧思难忘。
何以解忧？唯有杜康。
青青子衿，悠悠我心。
但为君故，沉吟至今。
呦呦鹿鸣，食野之苹。
我有嘉宾，鼓瑟吹笙。
明明如月，何时可掇？
忧从中来，不可断绝。

越陌度阡，枉用相存。
契阔谈䜩，心念旧恩。
月明星稀，乌鹊南飞。
绕树三匝，何枝可依？
山不厌高，海不厌深。
周公吐哺，天下归心。

8　归园田居（其一）

陶渊明

少无适俗韵，性本爱丘山。
误落尘网中，一去三十年。
羁鸟恋旧林，池鱼思故渊。
开荒南野际，守拙归园田。
方宅十余亩，草屋八九间。
榆柳荫后檐，桃李罗堂前。
暧暧远人村，依依墟里烟。
狗吠深巷中，鸡鸣桑树颠。
户庭无尘杂，虚室有余闲。
久在樊笼里，复得返自然。

9　杂诗十二首（其二）

陶渊明

白日沦西河，素月出东岭。
遥遥万里晖，荡荡空中景。
风来入房户，夜中枕席冷。

气变悟时易，不眠知夕永。

欲言无予和，挥杯劝孤影。

日月掷人去，有志不获骋。

念此怀悲凄，终晓不能静。

10　拟行路难（其四）

鲍　照

泻水置平地，各自东西南北流。

人生亦有命，安能行叹复坐愁？

酌酒以自宽，举杯断绝歌路难。

心非木石岂无感？吞声踯躅不敢言。

11　山居秋暝

王　维

空山新雨后，天气晚来秋。

明月松间照，清泉石上流。

竹喧归浣女，莲动下渔舟。

随意春芳歇，王孙自可留。

12　积雨辋川庄作

王　维

积雨空林烟火迟，蒸藜炊黍饷东菑。

漠漠水田飞白鹭，阴阴夏木啭黄鹂。

山中习静观朝槿，松下清斋折露葵。

野老与人争席罢，海鸥何事更相疑。

13　夜归鹿门歌

孟浩然

山寺钟鸣昼已昏，渔梁渡头争渡喧。

人随沙岸向江村，余亦乘舟归鹿门。

鹿门月照开烟树，忽到庞公栖隐处。

岩扉松径长寂寥，惟有幽人自来去。

14　燕　歌　行

高　适

开元二十六年，客有从元戎出塞而还者，作《燕歌行》以示，适感征戍之事，因而和焉。

汉家烟尘在东北，汉将辞家破残贼。

男儿本自重横行，天子非常赐颜色。

摐金伐鼓下榆关，旌旆逶迤碣石间。

校尉羽书飞瀚海，单于猎火照狼山。

山川萧条极边土，胡骑凭陵杂风雨。

战士军前半死生，美人帐下犹歌舞！

大漠穷秋塞草腓，孤城落日斗兵稀。

身当恩遇常轻敌，力尽关山未解围。

铁衣远戍辛勤久，玉箸应啼别离后。

少妇城南欲断肠，征人蓟北空回首。

边庭飘飖那可度，绝域苍茫无所有！

杀气三时作阵云，寒声一夜传刁斗。

相看白刃血纷纷，死节从来岂顾勋？

君不见沙场征战苦,至今犹忆李将军!

15　蜀道难
李　白

噫吁嚱,危乎高哉!蜀道之难,难于上青天!蚕丛及鱼凫,开国何茫然!尔来四万八千岁,不与秦塞通人烟。西当太白有鸟道,可以横绝峨眉巅。地崩山摧壮士死,然后天梯石栈相钩连。上有六龙回日之高标,下有冲波逆折之回川。黄鹤之飞尚不得过,猿猱欲度愁攀援。青泥何盘盘,百步九折萦岩峦。扪参历井仰胁息,以手抚膺坐长叹。

问君西游何时还?畏途巉岩不可攀。但见悲鸟号古木,雄飞雌从绕林间。又闻子规啼夜月,愁空山。蜀道之难,难于上青天,使人听此凋朱颜!连峰去天不盈尺,枯松倒挂倚绝壁。飞湍瀑流争喧豗,砯崖转石万壑雷。其险也如此,嗟尔远道之人胡为乎来哉!

剑阁峥嵘而崔嵬,一夫当关,万夫莫开。所守或匪亲,化为狼与豺。朝避猛虎,夕避长蛇,磨牙吮血,杀人如麻。锦城虽云乐,不如早还家。蜀道之难,难于上青天,侧身西望长咨嗟!

16　梦游天姥吟留别
李　白

海客谈瀛洲,烟涛微茫信难求;越人语天姥,云霞明灭或可睹。天姥连天向天横,势拔五岳掩赤城。天台四万八千丈,对此欲倒东南倾。

我欲因之梦吴越,一夜飞度镜湖月。湖月照我影,送我至剡溪。谢公宿处今尚在,渌水荡漾清猿啼。脚著谢公屐,身登青云梯。半壁见海日，空中闻天鸡。千岩万转路不定，迷花倚石忽已暝。熊咆龙吟殷岩泉，栗深林兮惊层巅。云青青兮欲雨，水澹澹兮生烟。列缺霹雳，丘峦崩摧。洞天石扉，訇然中开。青冥浩荡不见底，日月照耀金银台。霓为衣兮风为马，云之君兮纷纷而来下。虎鼓瑟兮鸾回车，仙之人兮列如麻。忽魂悸以魄动，恍惊起而长嗟。惟觉时之枕席，失向来之烟霞。

世间行乐亦如此，古来万事东流水。别君去时何时还？且放白鹿青崖间，须行即骑访名山。安能摧眉折腰事权贵，使我不得开心颜？

17　将　进　酒

李　白

君不见黄河之水天上来，奔流到海不复回。
君不见高堂明镜悲白发，朝如青丝暮成雪。
人生得意须尽欢，莫使金樽空对月。
天生我材必有用，千金散尽还复来。
烹羊宰牛且为乐，会须一饮三百杯。
岑夫子，丹丘生，将进酒，杯莫停。
与君歌一曲，请君为我倾耳听。
钟鼓馔玉不足贵，但愿长醉不愿醒。
古来圣贤皆寂寞，惟有饮者留其名。
陈王昔时宴平乐，斗酒十千恣欢谑。
主人何为言少钱，径须沽取对君酌。
五花马，千金裘，呼儿将出换美酒，与尔同销万古愁。

18　越中览古

李　白

越王勾践破吴归，战士还家尽锦衣。

宫女如花满春殿，只今惟有鹧鸪飞。

19　兵车行

杜　甫

车辚辚，马萧萧，行人弓箭各在腰。耶娘妻子走相送，尘埃不见咸阳桥。牵衣顿足拦道哭，哭声直上干云霄。

道旁过者问行人，行人但云点行频。或从十五北防河，便至四十西营田。去时里正与裹头，归来头白还戍边。边庭流血成海水，武皇开边意未已。君不闻汉家山东二百州，千村万落生荆杞。纵有健妇把锄犁，禾生陇亩无东西。况复秦兵耐苦战，被驱不异犬与鸡。

长者虽有问，役夫敢申恨？且如今年冬，未休关西卒。县官急索租，租税从何出？信知生男恶，反是生女好。生女犹得嫁比邻，生男埋没随百草。君不见青海头，古来白骨无人收。新鬼烦冤旧鬼哭，天阴雨湿声啾啾。

20　蜀　相

杜　甫

丞相祠堂何处寻？锦官城外柏森森。

映阶碧草自春色，隔叶黄鹂空好音。

三顾频烦天下计，两朝开济老臣心。

出师未捷身先死，长使英雄泪满襟。

21 客　至

杜　甫

舍南舍北皆春水，但见群鸥日日来。
花径不曾缘客扫，蓬门今始为君开。
盘飧市远无兼味，樽酒家贫只旧醅。
肯与邻翁相对饮，隔篱呼取尽余杯。

22 登　高

杜　甫

风急天高猿啸哀，渚清沙白鸟飞回。
无边落木萧萧下，不尽长江滚滚来。
万里悲秋常作客，百年多病独登台。
艰难苦恨繁霜鬓，潦倒新停浊酒杯。

23 登岳阳楼

杜　甫

昔闻洞庭水，今上岳阳楼。
吴楚东南坼，乾坤日夜浮。
亲朋无一字，老病有孤舟。
戎马关山北，凭轩涕泗流。

24 秋兴八首（其一）

杜 甫

玉露凋伤枫树林，巫山巫峡气萧森。
江间波浪兼天涌，塞上风云接地阴。
丛菊两开他日泪，孤舟一系故园心。
寒衣处处催刀尺，白帝城高急暮砧。

25 咏怀古迹（其三）

杜 甫

群山万壑赴荆门，生长明妃尚有村。
一去紫台连朔漠，独留青冢向黄昏。
画图省识春风面，环珮空归夜月魂。
千载琵琶作胡语，分明怨恨曲中论。

26 旅夜书怀

杜 甫

细草微风岸，危樯独夜舟。
星垂平野阔，月涌大江流。
名岂文章著，官应老病休。
飘飘何所似，天地一沙鸥。

27 阁 夜

杜 甫

岁暮阴阳催短景,天涯霜雪霁寒宵。
五更鼓角声悲壮,三峡星河影动摇。
野哭千家闻战伐,夷歌数处起渔樵。
卧龙跃马终黄土,人事音书漫寂寥。

28 石 头 城

刘禹锡

山围故国周遭在,潮打空城寂寞回。
淮水东边旧时月,夜深还过女墙来。

29 琵 琶 行

白居易

浔阳江头夜送客,枫叶荻花秋瑟瑟。
主人下马客在船,举酒欲饮无管弦。
醉不成欢惨将别,别时茫茫江浸月。
忽闻水上琵琶声,主人忘归客不发。
寻声暗问弹者谁,琵琶声停欲语迟。
移船相近邀相见,添酒回灯重开宴。
千呼万唤始出来,犹抱琵琶半遮面。
转轴拨弦三两声,未成曲调先有情。
弦弦掩抑声声思,似诉平生不得志。
低眉信手续续弹,说尽心中无限事。

轻拢慢捻抹复挑，初为《霓裳》后《六幺》。
大弦嘈嘈如急雨，小弦切切如私语。
嘈嘈切切错杂弹，大珠小珠落玉盘。
间关莺语花底滑，幽咽泉流冰下难。
冰泉冷涩弦凝绝，凝绝不通声暂歇。
别有幽愁暗恨生，此时无声胜有声。
银瓶乍破水浆迸，铁骑突出刀枪鸣。
曲终收拨当心画，四弦一声如裂帛。
东船西舫悄无言，唯见江心秋月白。
沉吟放拨插弦中，整顿衣裳起敛容。
自言本是京城女，家在虾蟆陵下住。
十三学得琵琶成，名属教坊第一部。
曲罢曾教善才服，妆成每被秋娘妒。
五陵年少争缠头，一曲红绡不知数。
钿头银篦击节碎，血色罗裙翻酒污。
今年欢笑复明年，秋月春风等闲度。
弟走从军阿姨死，暮去朝来颜色故。
门前冷落鞍马稀，老大嫁作商人妇。
商人重利轻别离，前月浮梁买茶去。
去来江口守空船，绕船月明江水寒。
夜深忽梦少年事，梦啼妆泪红阑干。
我闻琵琶已叹息，又闻此语重唧唧。
同是天涯沦落人，相逢何必曾相识！
我从去年辞帝京，谪居卧病浔阳城。
浔阳地僻无音乐，终岁不闻丝竹声。

住近湓江地低湿，黄芦苦竹绕宅生。
其间旦暮闻何物？杜鹃啼血猿哀鸣。
春江花朝秋月夜，往往取酒还独倾。
岂无山歌与村笛，呕哑嘲哳难为听。
今夜闻君琵琶语，如听仙乐耳暂明。
莫辞更坐弹一曲，为君翻作《琵琶行》。
感我此言良久立，却坐促弦弦转急。
凄凄不似向前声，满座重闻皆掩泣。
座中泣下谁最多？江州司马青衫湿。

30 长恨歌

白居易

汉皇重色思倾国，御宇多年求不得。
杨家有女初长成，养在深闺人未识。
天生丽质难自弃，一朝选在君王侧。
回眸一笑百媚生，六宫粉黛无颜色。
春寒赐浴华清池，温泉水滑洗凝脂。
侍儿扶起娇无力，始是新承恩泽时。
云鬓花颜金步摇，芙蓉帐暖度春宵。
春宵苦短日高起，从此君王不早朝。
承欢侍宴无闲暇，春从春游夜专夜。
后宫佳丽三千人，三千宠爱在一身。
金屋妆成娇侍夜，玉楼宴罢醉和春。
姊妹弟兄皆列土，可怜光彩生门户。
遂令天下父母心，不重生男重生女。

骊宫高处入青云，仙乐风飘处处闻。
缓歌慢舞凝丝竹，尽日君王看不足。
渔阳鼙鼓动地来，惊破《霓裳羽衣曲》。
九重城阙烟尘生，千乘万骑西南行。
翠华摇摇行复止，西出都门百余里。
六军不发无奈何，宛转蛾眉马前死。
花钿委地无人收，翠翘金雀玉搔头。
君王掩面救不得，回看血泪相和流。
黄埃散漫风萧索，云栈萦纡登剑阁。
峨嵋山下少人行，旌旗无光日色薄。
蜀江水碧蜀山青，圣主朝朝暮暮情。
行宫见月伤心色，夜雨闻铃肠断声。
天旋日转回龙驭，到此踌躇不能去。
马嵬坡下泥土中，不见玉颜空死处。
君臣相顾尽沾衣，东望都门信马归。
归来池苑皆依旧，太液芙蓉未央柳。
芙蓉如面柳如眉，对此如何不泪垂？
春风桃李花开夜，秋雨梧桐叶落时。
西宫南苑多秋草，落叶满阶红不扫。
梨园弟子白发新，椒房阿监青娥老。
夕殿萤飞思悄然，孤灯挑尽未成眠。
迟迟钟鼓初长夜，耿耿星河欲曙天。
鸳鸯瓦冷霜华重，翡翠衾寒谁与共？
悠悠生死别经年，魂魄不曾来入梦。
临邛道士鸿都客，能以精诚致魂魄。

为感君王辗转思，遂教方士殷勤觅。
排空驭气奔如电，升天入地求之遍。
上穷碧落下黄泉，两处茫茫皆不见。
忽闻海上有仙山，山在虚无缥缈间。
楼阁玲珑五云起，其中绰约多仙子。
中有一人字太真，雪肤花貌参差是。
金阙西厢叩玉扃，转教小玉报双成。
闻道汉家天子使，九华帐里梦魂惊。
揽衣推枕起徘徊，珠箔银屏迤逦开。
云鬓半偏新睡觉，花冠不整下堂来。
风吹仙袂飘飘举，犹似霓裳羽衣舞。
玉容寂寞泪阑干，梨花一枝春带雨。
含情凝睇谢君王，一别音容两渺茫。
昭阳殿里恩爱绝，蓬莱宫中日月长。
回头下望人寰处，不见长安见尘雾。
唯将旧物表深情，钿合金钗寄将去。
钗留一股合一扇，钗擘黄金合分钿。
但令心似金钿坚，天上人间会相见。
临别殷勤重寄词，词中有誓两心知。
七月七日长生殿，夜半无人私语时。
在天愿作比翼鸟，在地愿为连理枝。
天长地久有时尽，此恨绵绵无绝期。

31　登柳州城楼寄漳汀封连四州

柳宗元

城上高楼接大荒，海天愁思正茫茫。
惊风乱飐芙蓉水，密雨斜侵薜荔墙。
岭树重遮千里目，江流曲似九回肠。
共来百越文身地，犹自音书滞一乡。

32　春江花月夜

张若虚

春江潮水连海平，海上明月共潮生。
滟滟随波千万里，何处春江无月明。
江流宛转绕芳甸，月照花林皆似霰。
空里流霜不觉飞，汀上白沙看不见。
江天一色无纤尘，皎皎空中孤月轮。
江畔何人初见月？江月何年初照人？
人生代代无穷已，江月年年只相似。
不知江月待何人，但见长江送流水。
白云一片去悠悠，青枫浦上不胜愁。
谁家今夜扁舟子，何处相思明月楼？
可怜楼上月徘徊，应照离人妆镜台。
玉户帘中卷不去，捣衣砧上拂还来。
此时相望不相闻，愿逐月华流照君。
鸿雁长飞光不度，鱼龙潜跃水成文。
昨夜闲潭梦落花，可怜春半不还家。

江水流春去欲尽，江潭落月复西斜。

斜月沉沉藏海雾，碣石潇湘无限路。

不知乘月几人归，落月摇情满江树。

33　李凭箜篌引

李　贺

吴丝蜀桐张高秋，空山凝云颓不流。

江娥啼竹素女愁，李凭中国弹箜篌。

昆山玉碎凤凰叫，芙蓉泣露香兰笑。

十二门前融冷光，二十三丝动紫皇。

女娲炼石补天处，石破天惊逗秋雨。

梦入神山教神妪，老鱼跳波瘦蛟舞。

吴质不眠倚桂树，露脚斜飞湿寒兔。

34　过华清宫

杜　牧

长安回望绣成堆，山顶千门次第开。

一骑红尘妃子笑，无人知是荔枝来。

35　菩萨蛮

韦　庄

人人尽说江南好，游人只合江南老。春水碧于天，画船听雨眠。

垆边人似月，皓腕凝霜雪。未老莫还乡，还乡须断肠。

36 锦　瑟

李商隐

锦瑟无端五十弦，一弦一柱思华年。
庄生晓梦迷蝴蝶，望帝春心托杜鹃。
沧海月明珠有泪，蓝田日暖玉生烟。
此情可待成追忆？只是当时已惘然。

37 马　嵬（其二）

李商隐

海外徒闻更九州，他生未卜此生休。
空闻虎旅传宵柝，无复鸡人报晓筹。
此日六军同驻马，当时七夕笑牵牛。
如何四纪为天子，不及卢家有莫愁。

38 虞美人

李煜

春花秋月何时了？往事知多少。小楼昨夜又东风，故国不堪回首月明中。

雕栏玉砌应犹在，只是朱颜改。问君能有几多愁？恰似一江春水向东流。

39 雨霖铃

柳永

寒蝉凄切，对长亭晚，骤雨初歇。都门帐饮无绪，留恋处，兰舟催发。执手相看泪眼，竟无语凝噎。念去去，千里烟波，暮霭沉沉楚天阔。

多情自古伤离别，更那堪冷落清秋节！今宵酒醒何处？杨柳岸，晓风残月。此去经年，应是良辰好景虚设。便纵有千种风情，更与何人说？

40 望海潮

柳 永

东南形胜，三吴都会，钱塘自古繁华。烟柳画桥，风帘翠幕，参差十万人家。云树绕堤沙，怒涛卷霜雪，天堑无涯。市列珠玑，户盈罗绮，竞豪奢。

重湖叠𪩘清嘉，有三秋桂子，十里荷花。羌管弄晴，菱歌泛夜，嬉嬉钓叟莲娃。千骑拥高牙，乘醉听箫鼓，吟赏烟霞。异日图将好景，归去凤池夸。

41 桂枝香·金陵怀古

王安石

登临送目，正故国晚秋，天气初肃。千里澄江似练，翠峰如簇。征帆去棹残阳里，背西风、酒旗斜矗。彩舟云淡，星河鹭起，画图难足。

念往昔，繁华竞逐，叹门外楼头，悲恨相续。千古凭高对此，漫嗟荣辱。六朝旧事随流水，但寒烟衰草凝绿。至今商女，时时犹唱，《后庭》遗曲。

42　念奴娇·赤壁怀古
苏　轼

大江东去，浪淘尽，千古风流人物。故垒西边，人道是，三国周郎赤壁。乱石穿空，惊涛拍岸，卷起千堆雪。江山如画，一时多少豪杰。

遥想公瑾当年，小乔初嫁了，雄姿英发。羽扇纶巾，谈笑间，樯橹灰飞烟灭。故国神游，多情应笑我，早生华发。人生如梦，一尊还酹江月。

43　定　风　波
苏　轼

三月七日，沙湖道中遇雨。雨具先去，同行皆狼狈，余独不觉。已而遂晴，故作此词。

莫听穿林打叶声，何妨吟啸且徐行。竹杖芒鞋轻胜马，谁怕？一蓑烟雨任平生。

料峭春风吹酒醒，微冷，山头斜照却相迎。回首向来萧瑟处，归去，也无风雨也无晴。

44　新城道中（其一）
苏　轼

东风知我欲山行，吹断檐间积雨声。
岭上晴云披絮帽，树头初日挂铜钲。
野桃含笑竹篱短，溪柳自摇沙水清。
西崦人家应最乐，煮芹烧笋饷春耕。

45　鹊桥仙
秦　观

纤云弄巧，飞星传恨，银汉迢迢暗度。金风玉露一相逢，便胜却人间无数。

柔情似水，佳期如梦，忍顾鹊桥归路。两情若是久长时，又岂在朝朝暮暮。

46　声声慢
李清照

寻寻觅觅，冷冷清清，凄凄惨惨戚戚。乍暖还寒时候，最难将息。三杯两盏淡酒，怎敌他、晚来风急！雁过也，正伤心，却是旧时相识。

满地黄花堆积，憔悴损，如今有谁堪摘？守着窗儿，独自怎生得黑！梧桐更兼细雨，到黄昏、点点滴滴。这次第，怎一个愁字了得！

47　书　愤
陆　游

早岁那知世事艰，中原北望气如山。
楼船夜雪瓜洲渡，铁马秋风大散关。
塞上长城空自许，镜中衰鬓已先斑。
出师一表真名世，千载谁堪伯仲间！

48　永遇乐·京口北固亭怀古

辛弃疾

千古江山,英雄无觅孙仲谋处。舞榭歌台,风流总被雨打风吹去。斜阳草树,寻常巷陌,人道寄奴曾住。想当年,金戈铁马,气吞万里如虎。

元嘉草草,封狼居胥,赢得仓皇北顾。四十三年,望中犹记,烽火扬州路。可堪回首,佛狸祠下,一片神鸦社鼓。凭谁问:廉颇老矣,尚能饭否?

49　水龙吟·登建康赏心亭

辛弃疾

楚天千里清秋,水随天去秋无际。遥岑远目,献愁供恨,玉簪螺髻。落日楼头,断鸿声里,江南游子。把吴钩看了,栏杆拍遍,无人会,登临意。

休说鲈鱼堪脍,尽西风,季鹰归未?求田问舍,怕应羞见,刘郎才气。可惜流年,忧愁风雨,树犹如此!倩何人唤取,红巾翠袖,揾英雄泪?

50　扬 州 慢

姜　夔

淳熙丙申至日,予过维扬。夜雪初霁,荠麦弥望。入其城,则四顾萧条,寒水自碧,暮色渐起,戍角悲吟。予怀怆然,感慨今昔,因自度此曲。千岩老人以为有《黍离》之悲也。

淮左名都,竹西佳处,解鞍少驻初程。过春风十里,尽荠麦青青。自胡马窥江去后，废池乔木，犹厌言兵。渐黄昏，清角吹寒，都在空城。

杜郎俊赏，算而今重到须惊。纵豆蔻词工，青楼梦好，难赋深情。二十四桥仍在，波心荡，冷月无声。念桥边红药，年年知为谁生？

51　长亭送别（节选）
王实甫

〔正宫〕〔端正好〕碧云天，黄花地，西风紧，北雁南飞。晓来谁染霜林醉？总是离人泪。

52　苏幕遮
范仲淹

碧云天，黄叶地，秋色连波，波上寒烟翠。山映斜阳天接水，芳草无情，更在斜阳外。

黯乡魂，追旅思，夜夜除非，好梦留人睡。明月楼高休独倚，酒入愁肠，化作相思泪。

53　渔家傲·秋思
范仲淹

塞下秋来风景异，衡阳雁去无留意。四面边声连角起，千嶂里，长烟落日孤城闭。

浊酒一杯家万里，燕然未勒归无计。羌管悠悠霜满地，人不寐，将军白发征夫泪。

54　菩萨蛮

温庭筠

小山重叠金明灭，鬓云欲度香腮雪。懒起画蛾眉，弄妆梳洗迟。

照花前后镜，花面交相映。新贴绣罗襦，双双金鹧鸪。

55　蝶恋花

晏　殊

槛菊愁烟兰泣露，罗幕轻寒，燕子双飞去。明月不谙离恨苦，斜光到晓穿朱户。

昨夜西风凋碧树，独上高楼，望尽天涯路。欲寄彩笺兼尺素，山长水阔知何处？

56　浪淘沙

李　煜

帘外雨潺潺，春意阑珊，罗衾不耐五更寒。梦里不知身是客，一晌贪欢。

独自莫凭栏，无限江山，别时容易见时难。流水落花春去也，天上人间。

57　八声甘州

柳　永

对潇潇暮雨洒江天，一番洗清秋。渐霜风凄紧，关河冷落，残照当楼。是处红衰翠减，苒苒物华休。惟有长江水，无语东流。

不忍登高临远，望故乡渺邈，归思难收。叹年来踪迹，何事苦淹留？想佳人，妆楼颙望，误几回，天际识归舟。争知我，倚阑干处，正恁凝愁。

58 苏幕遮
周邦彦

燎沉香，消溽暑。鸟雀呼晴，侵晓窥檐语。叶上初阳干宿雨，水面清圆，一一风荷举。

故乡遥，何日去？家住吴门，久作长安旅。五月渔郎相忆否？小楫轻舟，梦入芙蓉浦。

59 今别离（其一）
黄遵宪

别肠转如轮，一刻既万周。

眼见双轮驰，益增中心忧。

古亦有山川，古亦有车舟。

车舟载离别，行止犹自由。

今日舟与车，并力生离愁。

明知须臾景，不许稍绸缪。

钟声一及时，顷刻不少留。

虽有万钧柁，动如绕指柔。

岂无打头风，亦不畏石尤。

送者未及返，君在天尽头。

望影倏不见，烟波杳悠悠。

去矣一何速，归定留滞不？

所愿君归时,快乘轻气球。

60　咏怀八十二首（其一）

阮　籍

夜中不能寐,起坐弹鸣琴。
薄帷鉴明月,清风吹我襟。
孤鸿号外野,翔鸟鸣北林。
徘徊将何见,忧思独伤心。

补充古诗词 240 首

子 衿

《诗经》①

青青子衿②,悠悠我心③。

纵我不往,子宁不嗣音④?

青青子佩,悠悠我思。

纵我不往,子宁不来?

挑兮达兮⑤,在城阙兮⑥。

一日不见,如三月兮。

【注释】

①《诗经》:是中国第一部诗歌总集,收入自西周初年至春秋中叶五百多年的诗歌,共305篇,又称《诗三百》。先秦称为《诗》,西汉时被尊为儒家经典,始称《诗经》,并沿用至今。《诗经》"六义",指"风、雅、颂、赋、比、兴"。其中"风、雅、颂"是按音乐的不同对《诗经》的分类,"赋、比、兴"是《诗经》的表现手法。《诗经》多以四言为主,兼有杂言。《诗经》开创了中国以现实主义为主的文学作品形式。 ②子:男子的美称。衿:衣领。 ③悠悠:此指忧思深长不断。 ④宁:难道。嗣音:指使音讯不断绝。嗣(sì),原意为诸侯传位嫡长子,此处意为"继续"。 ⑤挑、达:跳跃往来的样子。 ⑥城阙:城门楼两旁的高台。

硕 鼠

《诗经》

硕鼠硕鼠,无食我黍!三岁贯女①,莫我肯顾②。逝将去女③,适彼乐土④。乐土乐土,爰得我所⑤。

硕鼠硕鼠,无食我麦!三岁贯女,莫我肯德⑥。逝将去女,适彼乐国。乐国乐国,爰得我直⑦。

硕鼠硕鼠,无食我苗!三岁贯女,莫我肯劳⑧。逝将去女,适彼乐郊。乐郊乐郊,谁之永号⑨?

【注释】

①三岁贯女:侍奉你多年。三岁,虚指,言其久。贯,侍奉。女,同"汝",你,指统治者。 ②莫我肯顾:宾语前置,翻译时可转为"莫肯顾我",即你不肯顾念我。后文中的"莫我肯德""莫我肯劳"均与此相同。顾,顾念、顾惜、照顾。 ③逝:同"誓",发誓。去女:离开你。 ④适:到……去。乐土:可以安居乐业的地方。下文"乐国""乐郊"也与此相同。 ⑤爰(yuán):于是。所:指可以安居的地方。 ⑥德:用作动词,施与恩德。 ⑦直:同"值"。 ⑧劳:慰问。 ⑨之:表反诘语气。永号:长叹。

行行重行行

《古诗十九首》①

行行重行行②,与君生别离。

相去万余里,各在天一涯。

道路阻且长,会面安可知?

胡马依北风③,越鸟巢南枝④。

相去日已远⑤,衣带日已缓⑥。

浮云蔽白日,游子不顾反⑦。

思君令人老⑧,岁月忽已晚⑨。

弃捐勿复道⑩,努力加餐饭。

【注释】

①《古诗十九首》:为南朝梁萧统从传世无名氏"古诗"中选录十九

首编入《昭明文选》而成。内容上抒写了人类最基本的几种情感;艺术上语言朴素自然,描写生动真切,具有浑然天成的艺术风格。 ②行行重(chóng)行行:是说行而不止。重,又。 ③胡马:北方所产的马。 ④越鸟:南方所产的鸟。"胡马""越鸟"用比喻来写对故乡的眷恋。 ⑤已:同"以"。 ⑥缓:宽松。指人因相思而身体消瘦衣带宽松。 ⑦反:同"返","顾"与"返"同义,指回家的意思。 ⑧老:并非实指年龄,是说身心憔悴,好像衰老了。 ⑨晚:指行人未归,岁月已晚。 ⑩弃捐:抛弃。

上 邪

《乐府诗集》①

上邪②,我欲与君相知③,长命无绝衰④。

山无陵,江水为竭。

冬雷震震,夏雨雪⑤。

天地合,乃敢与君绝⑥。

【注释】

①乐府:初设于秦,为当时"少府"下辖的一个专门管理乐舞演唱教习的机构。汉武帝时,乐府规模较大,其职责是采集汉族民间歌谣或文人的诗来配乐,以备朝廷祭祀或宴会时演奏之用。它搜集整理的诗歌,后世就叫"乐府诗",或简称"乐府"。它是继《诗经》《楚辞》而起的一种新诗体。后来有不入乐的也被称为乐府或拟乐府。 ②上邪(yé):天啊。上,指天。邪,表感叹语气的助词。 ③相知:结为知己。 ④命:通"令",使。 ⑤雨(yù)雪:降雪。雨,名词作动词。 ⑥乃敢:才敢。

蒿里行

曹 操[①]

关东有义士[②],兴兵讨群凶。

初期会盟津[③],乃心在咸阳[④]。

军合力不齐,踌躇而雁行[⑤]。

势利使人争,嗣还自相戕[⑥]。

淮南弟称号,刻玺于北方。

铠甲生虮虱,万姓以死亡。

白骨露于野,千里无鸡鸣。

生民百遗一,念之断人肠。

【注释】

①曹操(155—220):字孟德,沛国谯县(今安徽亳州)人。东汉末年著名政治家、军事家、诗人。 ②义士:指各州郡起兵讨伐董卓的将领。 ③会盟津:即孟津,在今河南省西部。相传武王伐纣时,曾和反纣的八百诸侯会合于此地。这里用"会盟津"代指各路讨伐董卓的军队结成联盟。 ④乃心在咸阳:此句指各路义军心向汉室。咸阳,秦代的国都,这里代指长安。 ⑤雁行(háng):鸿雁的阵列,比喻诸军列阵后观望不前的样子。 ⑥嗣还(xuán):随即。还,同"旋"。戕(qiāng):残害。指各路军阀退兵后,随即互相残杀起来。

白 马 篇

曹 植①

白马饰金羁②,连翩西北驰。
借问谁家子,幽并游侠儿。③
少小去乡邑,扬声沙漠垂。
宿昔秉良弓,楛矢何参差。④
控弦破左的⑤,右发摧月支。
仰手接飞猱⑥,俯身散马蹄。
狡捷过猴猿,勇剽若豹螭⑦。
边城多警急,虏骑数迁移。
羽檄从北来,厉马登高堤。
长驱蹈匈奴,左顾凌鲜卑。
弃身锋刃端,性命安可怀?
父母且不顾,何言子与妻?
名编壮士籍,不得中顾私。
捐躯赴国难,视死忽如归。

【注释】

①曹植(192—232):字子建,沛国谯县(今安徽亳州)人。三国曹魏著名文学家,建安文学代表人物。后人因他文学上的造诣而将他与其父曹操、其兄曹丕合称为"三曹",南朝宋文学家谢灵运对他更有"天下才有一石,曹子建独占八斗"的评价。 ②羁:马笼头。 ③幽并:幽州和并州。 ④楛(hù)矢:用楛木做箭杆的箭。 ⑤控:引,拉开。左的:左方的射击目标。 ⑥接:射击迎面飞来的东西。猱(náo):猿类,善攀缘,上下如飞。 ⑦剽:行动轻捷。螭(chī):传说中的猛兽。

读《山海经》①

陶渊明②

精卫衔微木③,将以填沧海。

刑天舞干戚④,猛志固常在。

同物既无虑⑤,化去不复悔⑥。

徒设在昔心⑦,良辰讵可待⑧!

【注释】

①《山海经》:共十八卷,内容多是记述古代海内外山川异物和神话传说。《读〈山海经〉》共十三首,本诗是第十首。 ②陶渊明(约365—427):名潜,字元亮,自号五柳先生。东晋末期南朝宋初期诗人、文学家、辞赋家、散文家。 ③精卫:古代神话中的鸟名。据《山海经·北山经》及《述异记》记载,古代炎帝的女儿因游东海淹死,灵魂化为鸟,经常衔木石去填东海。衔:用嘴含。微木:细木。 ④刑天:神话人物,因和天帝争权,失败后被砍去了头,埋在常羊山,但他不甘屈服,以两乳为目,以肚脐当嘴,仍然挥舞着盾牌和板斧。 ⑤同物既无虑:指炎帝的女儿淹死化为鸟,就和其他鸟相同,即使再死也不过从鸟化为另一种物,所以没有什么忧虑。 ⑥化去不复悔:刑天已被杀死,化为异物,但他对以往和天帝争神之事并不悔恨。 ⑦徒:徒然,白白地。在昔心:过去的壮志雄心。 ⑧讵:岂。

咏荆轲①

陶渊明

燕丹善养士②,志在报强嬴③。

招集百夫良,岁暮得荆卿。

君子死知己,提剑出燕京。

素骥鸣广陌,慷慨送我行。

雄发指危冠，猛气冲长缨。
饮饯易水上，四座列群英。
渐离击悲筑④，宋意唱高声⑤。
萧萧哀风逝，淡淡寒波生。
商音更流涕，羽奏壮士惊。⑥
心知去不归，且有后世名。
登车何时顾，飞盖入秦庭。
凌厉越万里，逶迤过千城。
图穷事自至，豪主正怔营。
惜哉剑术疏，奇功遂不成！
其人虽已没，千载有余情。

【注释】

①荆轲：战国时卫国人，为给燕太子丹报仇，以送地图为名，藏匕首刺秦王，不成被杀。 ②燕丹：战国时燕王喜的太子，名丹。 ③强嬴：指秦国。 ④渐离：高渐离，战国时燕国人，与荆轲友善，善击筑（古时的一种乐器）。 ⑤宋意：燕国的勇士。 ⑥商音、羽奏：商声和羽声。商声凄凉，羽声较激昂。

拟挽歌辞（其三）

<small>陶渊明</small>

荒草何茫茫，白杨亦萧萧。
严霜九月中，送我出远郊。
四面无人居，高坟正嶕峣①。
马为仰天鸣，风为自萧条。
幽室一已闭②，千年不复朝。

千年不复朝，贤达无奈何！

向来相送人，各自还其家。

亲戚或余悲③，他人亦已歌④。

死去何所道，托体同山阿⑤。

【注释】

①嶕峣：很高的样子。　②幽室：指墓穴。　③或余悲：也许有人还在悲伤。　④亦已歌：也开始唱歌了。　⑤山阿：山陵。

登池上楼

谢灵运①

潜虬媚幽姿②，飞鸿响远音③。

薄霄愧云浮④，栖川怍渊沉⑤。

进德智所拙⑥，退耕力不任。

徇禄反穷海⑦，卧疴对空林⑧。

衾枕昧节候⑨，褰开暂窥临⑩。

倾耳聆波澜，举目眺岖嵚⑪。

初景革绪风⑫，新阳改故阴。

池塘生春草，园柳变鸣禽。

祁祁伤豳歌⑬，萋萋感楚吟⑭。

索居易永久⑮，离群难处心⑯。

持操岂独古⑰，无闷征在今⑱。

【注释】

①谢灵运（385—433）：陈郡阳夏（今河南太康）人，移籍会稽（治今浙江绍兴市），东晋名将谢玄之孙，小名"客儿"，人称谢客。又以袭封康乐公，称谢康公、谢康乐。中国文学史上山水诗派的开创者。

②虬：传说中有角的小龙。媚：喜爱。这里有"自我怜惜"的意思。幽姿：指潜隐的姿态。 ③鸿：水鸟名。响远音：叫出传得很远的声音。 ④薄霄：上迫云霄。这里借飞鸿喻得志为官。薄，迫近。 ⑤怍：惭愧。渊沉：沉潜深渊。这里借潜虬喻失意归隐。 ⑥进德：增进品德，这里指做一番事业。 ⑦徇禄：追求禄位，指做官。徇，从。反：同"返"。穷海：边远荒僻的海滨。这里指永嘉郡。 ⑧疴：病。空林：指树叶尽落的林子。 ⑨衾枕：指卧病于床。衾，被子。昧：不明，分不清。 ⑩褰开：指揭起窗帷，打开窗户。褰，揭起。窥临：临窗眺望。 ⑪岖嵚：高峻的样子，这里指高山。 ⑫初景：指初春的日光。景，日光。革：革除。绪风：余风，指残冬的寒风。 ⑬祁祁：众多的样子。豳歌：借指《诗经》。 ⑭萋萋：草木茂盛。楚吟：指《楚辞》。用引诗中的"归"字，暗示自己产生归隐的情结。 ⑮索居：独居。易永久：容易感到时间长久。 ⑯难处心：指难以排遣寂寞的心情。 ⑰持操：保持高尚的节操。 ⑱无闷：即"遁世无闷"，意谓"避世而无所烦闷"。征：验证，证实。

咏　蝉①

骆宾王②

西陆蝉声唱③，南冠客思深④。

不堪玄鬓影⑤，来对《白头吟》⑥。

露重飞难进，风多响易沉。

无人信高洁，谁为表予心？

【注释】

①咏蝉：这首诗作于唐高宗仪凤三年（678）。当年，屈居下僚十多年而刚升为侍御史的骆宾王因上疏论事触忤武后，遭诬，以贪赃罪名下狱。此诗是骆宾王身陷囹圄之作。 ②骆宾王（约638—684）：字观光，

婺州义乌（今属浙江）人。唐初文学家，与王勃、杨炯、卢照邻合称"初唐四杰"。　③西陆：指秋天。《隋书·天文志》："日循黄道东行，一日一夜行一度，三百六十五日有奇而周天。行东陆谓之春，行南陆谓之夏，行西陆谓之秋，行北陆谓之冬。"　④南冠：指囚犯。　⑤玄鬓：指蝉的黑色翅膀，这里比喻自己正当盛年。　⑥《白头吟》：乐府曲名。两句意谓，自己正当玄鬓之年，却来默诵《白头吟》那样哀怨的诗句。

滕王阁诗

王　勃①

滕王高阁临江渚②，佩玉鸣鸾罢歌舞③。
画栋朝飞南浦云④，珠帘暮卷西山雨。
闲云潭影日悠悠⑤，物换星移几度秋⑥。
阁中帝子今何在⑦？槛外长江空自流⑧！

【注释】

①王勃（约650—约676）：字子安，被称为"诗杰"。王勃出身望族，为隋大儒王通的孙子，未成年即被司刑太常伯刘祥道赞为"神童"，向朝廷表荐，对策高第，授朝散郎。乾封初年（666）为沛王李贤征为王府侍读，两年后，因戏为《檄英王鸡》文，被高宗怒逐出府，随即出游巴蜀。咸亨三年（672），补虢州参军，因擅杀官奴当诛，遇赦除名。其父亦受累贬为交趾令。上元二年（675）或三年（676），王勃南下探亲，渡海溺水，惊悸而死，时年27岁。有《王子安集》16卷。　②滕王高阁：即滕王阁，故址在今江西南昌赣江滨，江南三大名楼之一。江：指赣江。渚：水中小洲。　③佩玉鸣鸾：身上佩戴的玉饰、响铃。　④浦：水边或河流入海的地方。　⑤日悠悠：时日悠悠不尽。　⑥物换星移：事物变换，星座移动。　⑦帝子：指滕王。　⑧槛：栏杆。

渡汉江①

宋之问②

岭外音书断③,经冬复历春。

近乡情更怯④,不敢问来人。

【注释】

①渡汉江:本诗是宋之问从泷州(今广东罗定市)贬所逃归,途经汉江时所写。 ②宋之问(约656—约713):一名少连,字延清。汾州(治今山西汾阳)人,一说虢州弘农(今河南灵宝)人。上元二年(675)进士及第。因谄事张易之兄弟,曾贬泷州参军。后又谄事太平公主,以知贡举时贪贿,贬越州长史。睿宗即位,流钦州,先天中赐死。初唐时期的著名诗人。有《宋之问集》。 ③岭外:今广东省一带。 ④怯:畏缩,胆怯。

望月怀远①

张九龄②

海上生明月,天涯共此时。③

情人怨遥夜④,竟夕起相思⑤。

灭烛怜光满⑥,披衣觉露滋。

不堪盈手赠,还寝梦佳期。

【注释】

①怀远:怀念远方的亲人。 ②张九龄(678—740):唐玄宗开元年间尚书丞相,诗人。字子寿,一名博物,汉族,韶州曲江(今广东韶关市西南)人。长安年间进士。官至中书侍郎、同中书门下平章事。后罢相,为荆州长史。他是一位有胆识、有远见的著名政治家、文学家、诗人、名

相。为"开元之治"做出了积极贡献。他的五言古诗,以质朴的语言,寄托深远的人生慨望,对扫除唐初所沿袭的六朝绮靡诗风,贡献尤大。被誉为"岭南第一人"。有《曲江集》。 ③"海上生明月"二句:辽阔无边的大海上升起一轮明月,使人想起了远在天涯海角的亲友,此时此刻他们也该是望着同一轮明月。 ④情人:多情的人,指作者自己。遥夜:长夜。该句的意思是:情人因离别而幽怨失眠,以至抱怨夜长。 ⑤竟夕:终宵,即一整夜。 ⑥怜光满:爱惜满屋的月光。怜,爱。

送杜十四①之江南

孟浩然②

荆吴相接水为乡,君去春江正渺茫。

日暮征帆何处泊③,天涯一望断人肠。

【注释】

①杜十四:杜晃,排行十四。 ②孟浩然(689—740):唐代诗人。本名不详,字浩然,襄州襄阳(今湖北襄阳)人,世称"孟襄阳"。诗二百余首。与山水田园诗人王维合称为"王孟"。现有《孟浩然集》。 ③征帆:指远行的船。

送魏万之京①

李 颀②

朝闻游子唱离歌③,昨夜微霜初渡河④。

鸿雁不堪愁里听,云山况是客中过⑤。

关城树色催寒近⑥,御苑砧声向晚多⑦。

莫见长安行乐处⑧,空令岁月易蹉跎⑨。

【注释】

①魏万：又名颢，上元初进士，曾隐居王屋山，自号王屋山人。②李颀（？—753）：望出赵郡（治今河北赵县），唐代诗人。少年时曾寓居河南登封。开元十三年进士，做过新乡县尉的小官，诗以写边塞题材为主，风格豪放，慷慨悲凉，七言歌行尤具特色。今存《李颀集》。③游子：指魏万。离歌：离别的歌。④初渡河：刚刚渡过黄河。⑤"鸿雁不堪愁里听"二句：设想魏万在途中的寂寞心情。⑥关城：指潼关。树色：树色带来寒气。催寒近：寒气越来越重，一路上天气愈来愈冷。⑦御苑：皇宫的庭苑。这里借指京城。砧声：捣衣声。向晚多：愈接近傍晚愈多。⑧莫见长安行乐处：勉励魏万及时努力，不要虚度年华。⑨蹉跎：此指虚度年华。

从军行①（其一）

王昌龄②

烽火城西百尺楼，黄昏独坐海风秋。
更吹羌笛关山月，无那金闺万里愁③。

【注释】

①从军行：乐府旧题，多反映军旅辛苦生活。②王昌龄（约690—约756）：字少伯，京兆长安（今陕西西安）人。盛唐著名边塞诗人，被后人誉为"七绝圣手"。存诗一百七十余首，后人辑有《王昌龄集》。③无那：无奈。金闺：古时称年轻女子的居室为闺房。

从军行（其二）

王昌龄

琵琶起舞换新声①，总是关山旧别情②。
撩乱边愁听不尽③，高高秋月照长城。

【注释】

①换新声：翻出新的曲调。 ②关山：一语双关，一指山川关隘，即被山川阻隔的故乡；一指乐曲名，《乐府古题要解》云："《关山月》，伤离也。" ③撩乱：心里烦乱。边愁：久住边疆的愁苦。

从军行（其五）

王昌龄

大漠风尘日色昏，红旗半卷出辕门①。

前军夜战洮河北②，已报生擒吐谷浑③。

【注释】

①辕门：军营正门。 ②前军：指唐军的先头部队。洮河：黄河支流。源于青海省，东北流经甘肃省临洮县，入黄河。 ③吐谷浑：中国古代西部少数民族名。此处借以指进犯少数民族的首领。

闺 怨①

王昌龄

闺中少妇不知愁，春日凝妆上翠楼②。

忽见陌头杨柳色③，悔教夫婿觅封侯。

【注释】

①闺怨：古人的闺怨之作，一般是写少女的青春寂寞，或少妇的离别相思之情。 ②凝妆：盛装打扮。凝，结，结束、停当的意思。 ③陌头：意谓大路上。

采 莲 曲

王昌龄

荷叶罗裙一色裁①，芙蓉向脸两边开。

乱入池中看不见，闻歌始觉有人来。

【注释】

①一色裁：用同一颜色的衣料剪裁的。

辋川闲居赠裴秀才迪①

王　维②

寒山转苍翠③，秋水日潺湲④。

倚杖柴门外，临风听暮蝉⑤。

渡头余落日，墟里上孤烟。

复值接舆醉⑥，狂歌五柳前⑦。

【注释】

①辋川：水名，在今陕西省蓝田县南终南山下。山麓有宋之问的别墅，后归王维。王维在那里住了三十多年，直至晚年。迪：裴迪，诗人，王维的好友，与王维唱和较多。　②王维（701？—761）：字摩诘，人称"诗佛"。王维诗、书、画都很有名，非常多才多艺，对音乐也很精通。与孟浩然合称"王孟"，是盛唐时期著名的山水田园诗人。有《王右丞集》。　③转：转为，变为。苍翠：青绿色。　④潺湲：水流声。这里指水流缓慢的样子。　⑤听暮蝉：聆听秋后的蝉儿的鸣叫。暮蝉，秋后的蝉，这里指蝉叫声。　⑥值：遇到。接舆：春秋楚隐士，装狂遁世。在这里代指裴迪。　⑦五柳：即陶渊明。这是诗人自比。

杂　诗

王　维

君自故乡来，应知故乡事。

来日绮窗前①，寒梅著花未②？

【注释】

①来日：来的时候。绮窗：雕有花纹的窗户。　②著花未：开花没有。

观　猎①

王　维

风劲角弓鸣，将军猎渭城②。

草枯鹰眼疾③，雪尽马蹄轻。

忽过新丰市④，还归细柳营⑤。

回看射雕处⑥，千里暮云平⑦。

【注释】

①观猎：一作"猎骑"。　②渭城：秦时咸阳城，汉改称渭城，在今西安市西北，渭水之北。　③眼疾：目光敏锐。　④新丰市：故址在今陕西省西安市临潼区东北，是古代盛产美酒的地方。　⑤细柳营：在今陕西省西安市长安区西南，是汉代名将周亚夫屯军之地。此处用典指打猎将军所居军营。　⑥射雕：北齐斛律光精通武艺，曾射中一雕，人称"射雕手"，此处引用借以赞美将军。　⑦暮云平：傍晚的云层与大地相连。

汉江临泛①

王　维

楚塞三湘接②，荆门九派通③。

江流天地外，山色有无中。

郡邑浮前浦④，波澜动远空。

襄阳好风日⑤，留醉与山翁⑥。

【注释】

①汉江：即汉水，长江的支流。临泛：临流泛舟。　②楚塞：楚

国边境地带,这里指汉水流域,此地古为楚国辖区。 ③荆门:山名,荆门山,在今湖北省宜都市西北的长江南岸,战国时为楚之西塞。九派:原指长江的九条支流,长江至浔阳分为九支。相传大禹治水,开凿江流,使九派相通。这里指江西九江。 ④郡邑:指汉水两岸的城镇。浦:水边。 ⑤好风日:风景天气好。 ⑥山翁:指山简,晋代竹林七贤之一山涛的幼子,西晋将领,镇守襄阳,有政绩,好酒,每饮必醉。这里借指襄阳地方官。一说是作者以山简自喻。

上李邕①

李 白②

大鹏一日同风起,扶摇直上九万里。

假令风歇时下来,犹能簸却沧溟水③。

世人见我恒殊调④,闻余大言皆冷笑。

宣父犹能畏后生⑤,丈夫未可轻年少⑥。

【注释】

①上:呈上。李邕:字泰和,扬州江都(今江苏扬州)人。李邕年辈早于李白,故诗题云"上"。从这首诗中,可以看出青年时期李白的豪情壮志。 ②李白(701—762):字太白,号青莲居士,唐朝诗人,有"诗仙"之称,伟大的浪漫主义诗人,有《李太白集》传世。 ③簸却:激扬。沧溟:大海。 ④恒殊调:常常格调特殊。 ⑤宣父:即孔子,唐太宗贞观年间诏尊孔子为宣父。 ⑥丈夫:古代男子的通称,此处指李邕。

清平调词①

李 白

其 一

云想衣裳花想容②,春风拂槛露华浓③。
若非群玉山头见,会向瑶台月下逢。④

其 二

一枝红艳露凝香⑤,云雨巫山枉断肠⑥。
借问汉宫谁得似,可怜飞燕倚新妆⑦。

其 三

名花倾国两相欢⑧,长得君王带笑看。
解释春风无限恨⑨,沉香亭北倚栏杆⑩。

【注释】

①清平调:唐教坊曲名,后用为词牌。 ②云想衣裳花想容:见云之灿烂想其衣之华艳,见花之艳丽想美人之容貌照人。实际上是以云喻衣,以花喻人。 ③槛:栏杆。露华浓:牡丹花沾着晶莹的露珠更显得颜色艳丽。 ④"若非群玉山头见"二句:"若非……会向……"是"不是……就是……"的意思。群玉,山名,传说中西王母所住之地。全句形容贵妃貌美惊人,怀疑她不是群玉山头所见的飘飘仙子,就是瑶台殿前月光照耀下的神女。 ⑤一枝红艳露凝香:红艳艳的牡丹花滴着露珠,好像凝结着袭人的香气。 ⑥云雨巫山:指传说中神女与楚王在三峡巫山顶上欢会接受楚王宠爱。 ⑦飞燕:赵飞燕。倚新妆:形容女子艳服华妆的姣好姿态。 ⑧名花:牡丹花。倾国:喻美色惊人,此指杨贵妃。 ⑨解释:消解。春风:指唐玄宗。 ⑩沉香:亭名,沉香木所筑。

关 山 月①

李 白

明月出天山②,苍茫云海间。

长风几万里,吹度玉门关③。

汉下白登道④,胡窥青海湾⑤。

由来征战地,不见有人还。

戍客望边邑⑥,思归多苦颜。

高楼当此夜⑦,叹息未应闲。

【注释】

①关山月:古乐府诗题,多抒发离别哀伤之情。 ②天山:指祁连山,因汉时匈奴称天为祁连,故名。位于今青海、甘肃两省交界处。③玉门关:故址在今甘肃敦煌西北小方盘城,古代通向西域的交通要道。④白登:白登山,在今大同东北。匈奴曾围困刘邦于此。 ⑤胡:此指吐蕃。窥:有所企图。 ⑥戍客:驻守边疆的战士。 ⑦高楼:古诗中多以高楼指闺阁,这里指戍边兵士的妻子。

登金陵凤凰台①

李 白

凤凰台上凤凰游,凤去台空江自流。

吴宫花草埋幽径②,晋代衣冠成古丘③。

三山半落青天外④,二水中分白鹭洲⑤。

总为浮云能蔽日⑥,长安不见使人愁。

【注释】

①凤凰台:故址在今南京市凤凰山。 ②吴宫:三国时孙吴曾于金陵

建都筑宫。　③晋代：指东晋，南渡后也建都于金陵。衣冠：指当时名门世族。成古丘：意谓这些人物今已剩下一堆古墓了。丘，坟墓。　④三山：山名。在南京西南长江边上。因三峰并列，南北相连，故名。半落青天外：形容其远，看不大清楚。　⑤二水：指秦淮河流经南京后，西入长江，被横截其间的白鹭洲分为二支。白鹭洲：古代长江中沙洲，在南京水西门外，因多聚白鹭而得名。　⑥浮云、蔽日：喻奸邪之障蔽贤良。比喻谗臣当道。浮云，陆贾《新语·察征》："邪臣之蔽贤，犹浮云之障日月也。"

山中与幽人对酌

李　白

两人对酌山花开，一杯一杯复一杯。

我醉欲眠卿且去①，明朝有意抱琴来。

【注释】

①我醉欲眠卿且去：这句诗直率地活画出饮者酒酣耳热的情态，也表明对酌的双方是"忘形到尔汝"的知交。卿，你。

忆 秦 娥

李　白

箫声咽，秦娥梦断秦楼月。秦楼月，年年柳色，灞陵伤别①。

乐游原上清秋节②，咸阳古道音尘绝。音尘绝，西风残照，汉家陵阙。

【注释】

①灞陵：在今陕西省西安市东，是汉文帝的陵墓所在地。当地有一座桥，为通往华北、东北和东南各地必经之处。汉人送客至此桥，折柳送

别。　②乐游原：在长安东南郊，是汉宣帝乐游苑的故址，地势高，可以远望，在唐代是可供游览之地。清秋节：指农历九月九日的重阳节，是当时人们重阳登高的节日。

菩萨蛮

李　白

平林漠漠烟如织，寒山一带伤心碧。暝色入高楼，有人楼上愁。

玉阶空伫立，宿鸟归飞急。何处是归程？长亭更短亭①。

【注释】

①长亭、短亭：古代设在路边供行人休歇的亭舍。当时每隔十里设一长亭，五里设一短亭。

把酒问月

李　白

青天有月来几时？我今停杯一问之。
人攀明月不可得，月行却与人相随。
皎如飞镜临丹阙，绿烟灭尽清辉发。
但见宵从海上来，宁知晓向云间没？
白兔捣药秋复春，嫦娥孤栖与谁邻？
今人不见古时月，今月曾经照古人。
古人今人若流水，共看明月皆如此。
唯愿当歌对酒时，月光长照金樽里。

金陵酒肆留别①

李 白

风吹柳花满店香，吴姬压酒唤客尝②。

金陵子弟来相送，欲行不行各尽觞③。

请君试问东流水，别意与之谁短长。

【注释】

①金陵：今江苏省南京市。酒肆：酒店。留别：临别留诗给送行者。 ②吴姬：吴地的青年女子，这里指酒店中的侍女。压酒：压糟取酒。古时新酒酿熟，临饮时方压糟取用。唤：一作"劝"，一作"使"。 ③尽觞（shāng）：喝尽杯中的酒。觞，酒杯。

听蜀僧浚弹琴①

李 白

蜀僧抱绿绮②，西下峨眉峰。

为我一挥手③，如听万壑松④。

客心洗流水⑤，余响入霜钟⑥。

不觉碧山暮，秋云暗几重。

【注释】

①蜀僧浚：指蜀地僧人，名浚。 ②绿绮：琴名。晋傅玄《琴赋序》："楚王有琴曰绕梁，司马相如有绿绮，蔡邕有焦尾，皆名器也。"司马相如是蜀人，这里用"绿绮"更切合蜀地僧人。 ③挥手：这里指弹琴。 ④万壑松：指万壑松声。这是以万壑松声比喻琴声。 ⑤客心洗流水：意思是说，听了蜀僧浚弹的美妙琴声，自己的心像被流水洗过一样轻快。客，自称。流水，语意双关，既是对僧浚琴声的实指，又暗用了伯牙善弹的典故。 ⑥余响：指

琴的余音。霜钟：指钟声。

长干曲（其一）①

崔　颢②

君家何处住，妾住在横塘③。
停船暂借问，或恐是同乡。

【注释】

①长干曲：乐府旧题，原为长江下游一带民歌，源出于《清商西曲》，内容多写船家妇女的生活。　②崔颢（？—754）：唐朝汴州（今河南开封市）人，诗人，留有《崔颢诗集》。　③横塘：在今南京西南麒麟门外，与长干相近。

桃花溪①

张　旭②

隐隐飞桥隔野烟③，石矶西畔问渔船④。
桃花尽日随流水，洞在清溪何处边？

【注释】

①桃花溪：在今湖南省桃源县西南。　②张旭（约675—约750）：字伯高，一字季明，唐朝苏州吴县（今江苏苏州）人。曾任常熟县尉、金吾长史。善草书，性好酒，世称"张颠"，也是"饮中八仙"之一。其诗别具一格，以七绝见长，与贺知章、张若虚、包融号称"吴中四士"。唐文宗曾下诏，以李白诗歌、裴旻剑舞、张旭草书为"三绝"。　③飞桥：高桥。　④石矶：河流中露出的石堆。

山中留客

张 旭

山光物态弄春晖①,莫为轻阴便拟归②。

纵使晴明无雨色,入云深处亦沾衣。

【注释】

①山光物态:指春山的整个面貌。 ②轻阴:指薄云。便拟:就准备。

除 夜 作①

高 适②

旅馆寒灯独不眠,客心何事转凄然?

故乡今夜思千里,霜鬓明朝又一年。

【注释】

①除夜:除夕的晚上。 ②高适(约700—765):唐代边塞诗人。字达夫、仲武,渤海蓨(今河北景县)人,高适与岑参并称"高岑",其诗作笔力雄健,气势奔放,洋溢着盛唐时期所特有的奋发进取、蓬勃向上的时代精神。有《高常侍集》等传世。

早 梅

张 谓①

一树寒梅白玉条,迥临村路傍溪桥②。

不知近水花先发,疑是经冬雪未销。

【注释】

①张谓(? —778):唐朝诗人,字正言,河内(今河南沁阳)人,

天宝二年登进士第，乾元初为尚书郎，大历年间任潭州刺史，后官至礼部侍郎，连续三年知贡举。其诗辞精意深，讲究格律，诗风清正，多饮宴送别之作。代表作有《早梅》《邵陵作》等。 ②迥：远。

饮中八仙歌

杜 甫①

知章骑马似乘船，眼花落井水底眠。②
汝阳三斗始朝天③，道逢曲车口流涎，恨不移封向酒泉④。
左相日兴费万钱⑤，饮如长鲸吸百川⑥，衔杯乐圣称避贤⑦。
宗之潇洒美少年⑧，举觞白眼望青天⑨，皎如玉树临风前⑩。
苏晋长斋绣佛前⑪，醉中往往爱逃禅⑫。
李白斗酒诗百篇⑬，长安市上酒家眠，天子呼来不上船，自称臣是酒中仙。
张旭三杯草圣传⑭，脱帽露顶王公前⑮，挥毫落纸如云烟。
焦遂五斗方卓然⑯，高谈雄辩惊四筵。

【注释】

①杜甫（712—770）：字子美，自号少陵野老，巩县（今河南巩义）人。盛唐时期伟大的现实主义诗人。他忧国忧民，人格高尚。他的诗在中国古典诗歌中产生了非常深远的影响，被后世尊称为"诗圣"，他的诗也被称为"诗史"。杜甫与李白合称"李杜"，有《杜工部集》。 ②"知章骑马似乘船"二句：写贺知章醉后骑马，摇摇晃晃，像乘船一样，醉眼昏花，跌落井中犹不自知，索性醉眠井底。这是夸张地形容其醉态。知章，即贺知章，越州永兴（今浙江杭州萧山区）人，官至秘书监。性旷放纵诞，自号四明狂客，又称"秘书外监"。他在长安一见李白，便称他为"谪仙人"，解所佩金龟换酒痛饮。 ③汝阳：汝阳王李琎，唐玄宗的

侄子。朝天：朝见天子。此谓李痛饮后才入朝。 ④移封：改换封地。酒泉：郡名，在今甘肃酒泉市。传说郡城下有泉，味如酒。故名酒泉。 ⑤左相：指左丞相李适之，天宝元年（742）八月为左丞相，天宝五载（746）四月，为李林甫排挤罢相。 ⑥长鲸：鲸鱼。古人以为鲸鱼能吸百川之水，故用来形容李适之的酒量之大。 ⑦衔杯：贪酒。圣：酒的代称。 ⑧宗之：崔宗之，吏部尚书崔日用之子，袭父封为齐国公，官至侍御史，也是李白的朋友。 ⑨觞：大酒杯。白眼：晋阮籍能作青白眼，青眼看朋友，白眼视俗人。 ⑩玉树临风：崔宗之风姿秀美，故以玉树为喻。 ⑪苏晋：开元间进士，曾为户部和吏部侍郎。长斋：长期斋戒。绣佛：画的佛像。 ⑫逃禅：这里指不守佛门戒律。佛教戒饮酒。苏晋长斋信佛，却嗜酒，故曰"逃禅"。 ⑬李白：以豪饮闻名，而且文思敏捷，常以酒助诗兴。 ⑭张旭：吴人，唐代著名书法家，善草书，时人称为"草圣"。 ⑮脱帽露顶：写张旭狂放不羁的醉态。据说张旭每当大醉，常呼叫奔走，索笔挥洒，甚至以头濡墨而书。醒后自视手迹，以为神异，不可复得。世称"张颠"。 ⑯焦遂：布衣之士，平民，以嗜酒闻名，事迹不详。卓然：神采焕发的样子。

前出塞九首（其六）

杜 甫

挽弓当挽强，用箭当用长①。
射人先射马，擒贼先擒王。
杀人亦有限，列国自有疆②。
苟能制侵陵③，岂在多杀伤！

【注释】

①长：指长箭。 ②列国：各国。疆：边界。 ③侵陵：侵犯。

曲江二首（其二）

杜 甫

朝回日日典春衣①，每日江头尽醉归。

酒债寻常行处有②，人生七十古来稀。

穿花蛱蝶深深见，点水蜻蜓款款飞。

传语风光共流转③，暂时相赏莫相违④。

【注释】

①朝回：上朝回来。典春衣：典当衣物买醉。典，典当，变卖。春衣，春天穿的衣服。 ②寻常：平常。 ③共流转：在一起逗留、盘桓。 ④相违：相互分开。

水槛遣心①（其一）

杜 甫

去郭轩楹敞②，无村眺望赊③。

澄江平少岸④，幽树晚多花。

细雨鱼儿出，微风燕子斜。

城中十万户，此地两三家。

【注释】

①水槛：指水亭之槛，可以凭槛眺望，舒畅身心。 ②去郭：远离城郭。轩楹：指草堂的建筑物。轩，长廊。楹，柱子。敞：开朗。 ③无村眺望赊：因附近无村庄遮蔽，故可远望。赊，长，远。 ④澄江平少岸：澄清的江水高与岸平，因而很少能看到江岸。

赠花卿①

杜甫

锦城丝管日纷纷②,半入江风半入云。
此曲只应天上有,人间能得几回闻。

【注释】

①花卿:成都尹崔光远的部将花敬定。 ②锦城:即锦官城,此指成都。丝管:弦乐器和管乐器,这里泛指音乐。

江畔独步寻花①(其五)

杜甫

黄师塔前江水东②,春光懒困倚微风③。
桃花一簇开无主,可爱深红爱浅红?

【注释】

①江畔:指成都锦江之滨。独步:独自散步。 ②师塔:即身塔。为僧人埋骨之所。 ③春光懒困倚微风:春光怡人,不觉困倦,且倚微风,以寄雅怀。

戏为六绝句(其二)

杜甫

王杨卢骆当时体①,轻薄为文哂未休②。
尔曹身与名俱灭③,不废江河万古流④。

【注释】

①王杨卢骆:王勃、杨炯、卢照邻、骆宾王。这四人都是初唐时期著

名的诗人,时人称之为"初唐四杰"。诗风清新、刚健,一扫齐、梁颓靡遗风。当时体:指四杰诗文的体裁和风格在当时自成一体。 ②轻薄:言行轻佻,有玩弄意味。此处指当时守旧文人对"四杰"的攻击态度。哂:讥笑。 ③尔曹:你们这些人。 ④不废:不影响。江河万古流:比喻包括四杰在内的优秀作家的名字和作品将像长江、黄河那样万古流传。

绝句二首（其二）

杜　甫

江碧鸟逾白①，山青花欲燃②。
今春看又过，何日是归年？

【注释】

①逾:更加。　②欲:好像。

八　阵　图①

杜　甫

功盖三分国②，名成八阵图③。
江流石不转④，遗恨失吞吴⑤。

【注释】

①八阵图:由八种阵势组成的图形,用来操练军队或作战。 ②功盖三分国:指诸葛亮为三国鼎立而建立了盖世功绩。盖,超过。 ③名成八阵图:指诸葛亮因创八阵图而成就了声名。成,成就。 ④石不转:指涨水时,八阵图的石块仍然不动。 ⑤遗恨:遗憾。

江　汉

杜　甫

江汉思归客，乾坤一腐儒①。

片云天共远，永夜月同孤。

落日心犹壮②，秋风病欲苏③。

古来存老马④，不必取长途⑤。

【注释】

①腐儒：本指迂腐而不知变通的读书人，这里是诗人的自称，含有自嘲之意。　②落日：比喻自己已是垂暮之年。　③病欲苏：病都要好了。苏，康复。　④存：留养。老马：诗人自比。　⑤长途：代指驱驰之力。

春行即兴

李　华①

宜阳城下草萋萋②，涧水东流复向西。

芳树无人花自落，春山一路鸟空啼。

【注释】

①李华（约715—774）：唐代散文家、诗人，字遐叔，开元二十三年（735）进士，天宝二年（743）登博学宏词科，官监察御史、右补阙。安禄山陷长安时，被迫任凤阁舍人。"安史之乱"平定后，贬为杭州司户参军。后隐居山阳以终。与萧颖士、颜真卿等共倡古义，开韩、柳古文运动之先河。其传世名篇有《吊古战场文》等。　②宜阳：县名，在今河南省洛阳市。萋萋：形容草木茂盛。

寒 食①

韩翃②

春城无处不飞花③，寒食东风御柳斜④。
日暮汉宫传蜡烛⑤，轻烟散入五侯家⑥。

【注释】

①寒食：清明前一日谓之寒食，即禁烟节。 ②韩翃：754年前后在世，字君平，唐代诗人，"大历十才子"之一。天宝十三载（754）考中进士，宝应年间在淄青节度使侯希逸幕府中任从事，后闲居长安十年。建中年间，因作《寒食》诗被德宗赏识，因而被提拔为中书舍人，官至驾部郎中。其诗笔法轻巧，写景别致。 ③春城：指春天中的都城长安。 ④御柳：长在御苑中的柳树，旧有寒食折柳插门的习俗。 ⑤汉宫：实指唐朝皇宫，此处借古讽今。 ⑥五侯：汉成帝时，汉成帝的五位舅舅皆被封侯，被人们称为"五侯"，这里暗指中唐以来受皇帝宠幸、专权跋扈的宦官。

喜外弟卢纶见宿

司空曙①

静夜四无邻，荒居旧业贫②。
雨中黄叶树，灯下白头人。
以我独沉久③，愧君相见频。
平生自有分④，况是蔡家亲⑤。

【注释】

①司空曙（约720—790）：字文明，或作文初，"大历十才子"之一，唐代诗人，大历初进士，磊落有奇才，与李约为至交。性耿介，不干权

要。累官左拾遗。其诗多为行旅赠别之作，长于抒情，多有名句。 ②旧业：指家中的产业。 ③以：因为。沉：沉沦。 ④分：情谊。 ⑤蔡家亲：晋羊祜为蔡邕外孙，这里只是说明两家是表亲。

江村即事①

司空曙

钓罢归来不系船，江村月落正堪眠②。

纵然一夜风吹去，只在芦花浅水边。

【注释】

①即事：以当前的事物为题材所作的诗。 ②正堪眠：正是睡觉的好时候。

征 人 怨

柳中庸

岁岁金河复玉关②，朝朝马策与刀环③。

三春白雪归青冢④，万里黄河绕黑山⑤。

【注释】

①柳中庸（？—约775）：名淡，字中庸，唐边塞诗人。大历年间进士，曾官鸿府户曹，未就。与弟中行并有文名，与卢纶、李端为诗友。其诗以写边塞征怨为主，但意气消沉，盛唐气象不再。 ②金河：即黑河，在今呼和浩特市城南。玉关：指玉门关。 ③马策：马鞭。刀环：刀柄上的铜环，比喻征战之事。 ④三春：此处指暮春。青冢：王昭君墓，在今内蒙古呼和浩特市南。 ⑤黑山：又名杀虎山，在今内蒙古呼和浩特市东南。

题三闾大夫庙①

戴叔伦②

沅湘流不尽③,屈子怨何深④!

日暮秋风起,萧萧枫树林。⑤

【注释】

①三闾大夫庙:是奉祀春秋时楚国三闾大夫屈原的庙宇,在长沙府湘阴县北六十里(今汨罗市境)。这首诗是为凭吊屈原而作。 ②戴叔伦(732—789):唐朝诗人,字幼公(一作次公),润州金坛(今属江苏)人。 ③沅湘:指沅江和湘江,湖南的两条主要河流。 ④屈子怨何深:屈原的怨恨好似沅江、湘江深沉的河水一样,此处为比喻。 ⑤"日暮秋风起"二句:化用了屈原《九江》《招魂》中的诗句"袅袅兮秋风,洞庭波兮木叶下""湛湛江水兮上有枫,目极千里兮伤春心。魂兮归来哀江南"。

兰溪棹歌①

戴叔伦

凉月如眉挂柳湾②,越中山色镜中看③。

兰溪三日桃花雨④,半夜鲤鱼来上滩。

【注释】

①兰溪:兰溪江,又叫兰江,在今浙江省中部。棹歌:船家摇橹时唱的歌。 ②凉月:新月。 ③越:古代东南沿海一带。 ④桃花雨:江南春天桃花盛开时下的雨。

塞下曲① （其二）

卢 纶②

林暗草惊风③，将军夜引弓④。

平明寻白羽⑤，没在石棱中⑥。

【注释】

①塞下曲：古代曲名，多描写边境风光和战争生活。 ②卢纶（约742—约799）：字允言，唐代诗人，"大历十才子"之一。 ③惊风：突然被风吹动。 ④引弓：拉弓，开弓。 ⑤平明：天刚亮时。白羽：这里指箭。 ⑥没：陷入，钻进。石棱：石头的边角。

江 南 曲①

李 益②

嫁得瞿塘贾③，朝朝误妾期④。

早知潮有信⑤，嫁与弄潮儿⑥。

【注释】

①江南曲：乐府《相和曲》名。 ②李益（748—约829）：唐代诗人，字君虞，大历四年（769）进士。因仕途失意，后弃官在燕赵一带漫游。今存《李君虞诗》两卷。 ③瞿塘贾：在长江上游一带做买卖的商人。瞿塘，指瞿塘峡，长江三峡之一。贾，商人。 ④妾：古代女子自称的谦词。 ⑤潮有信：潮水涨落有一定的时间，叫"潮信"。 ⑥弄潮儿：潮水涨时戏水的人，或指潮水来时，乘船入江的人。

夜上受降城闻笛

李 益

回乐峰前沙似雪，受降城外月如霜①。

不知何处吹芦管②，一夜征人尽望乡。

【注释】

①受降城:回乐县的别称。　②芦管:笛子。

春夜闻笛

李　益

寒山吹笛唤春归①,迁客相看泪满衣②。

洞庭一夜无穷雁,不待天明尽北飞。

【注释】

①寒山:地名,在今江苏徐州市东南。　②迁客:指遭贬斥放逐之人。

登 科 后

孟　郊①

昔日龌龊不足夸②,今朝放荡思无涯③。

春风得意马蹄疾,一日看尽长安花。

【注释】

①孟郊(751—814):字东野,唐代诗人。现存诗500多首,以短篇五言古诗居多,代表作有《游子吟》等。有"诗囚"之称,与贾岛齐名,人称"郊寒岛瘦"。　②龌龊:指处境的不如意和思想上的拘谨局促。③放荡:自由自在。

城东早春

杨巨源①

诗家清景在新春②,绿柳才黄半未匀。

若待上林花似锦③,出门俱是看花人。

【注释】

①杨巨源：字景山，唐代诗人。贞元五年（789）进士。长庆四年（824），辞官退休，食其禄终身。　②诗家：诗人。清景：美景。　③上林：指上林苑，汉代宫苑。

春　兴①

武元衡②

杨柳阴阴细雨晴③，残花落尽见流莺。

春风一夜吹乡梦，又逐春风到洛城④。

【注释】

①春兴：因春天的景物而触发的感情。　②武元衡（758—815）：唐代诗人、政治家，字伯苍，武则天曾侄孙。建中四年（783），登进士第，累辟使府，至监察御史，后改华原县令。德宗知其才，召授比部员外郎。岁内，三迁至右司郎中，寻擢御史中丞。顺宗立，罢为右庶子。宪宗即位，复前官，进户部侍郎。元和二年（807），拜门下侍郎平章事，寻出为剑南节度使。八年，征还秉政，早朝被平卢节度使李师道遣刺客刺死。赠司徒，谥忠愍。　③杨柳阴阴：杨柳的颜色已经由初春的鹅黄嫩绿转为一片翠绿。　④逐：追随。

题都城南庄①

崔　护②

去年今日此门中，人面桃花相映红③。

人面不知何处去，桃花依旧笑春风④。

【注释】

①题都城南庄：考进士未中的崔护，清明节独游长安城郊南庄，走到

一处桃花盛开的农家门前,一位美丽的姑娘热情接待了他,彼此留下了难忘的印象。第二年清明节再来时,院门紧闭,姑娘不知何处去,只有桃花依旧迎着春风盛开。诗人备感惆怅,因而写下了此诗。 ②崔护:唐代诗人,字殷功,贞元十二年(796)登进士第。大和三年(829)为京兆尹,同年为御史大夫、岭南节度使。终岭南节度使。其诗精练婉丽,语极清新。 ③人面:姑娘的脸。第三句中"人面"指代姑娘。 ④笑:形容桃花盛开的样子。

秋 思

张 籍①

洛阳城里见秋风,欲作家书意万重②。

复恐匆匆说不尽③,行人临发又开封④。

【注释】

①张籍(约767—约830):唐代诗人,字文昌。贞元十四年(798),张籍北游,经孟郊介绍,在汴州认识韩愈。韩愈为汴州进士考官,荐张籍。次年在长安进士及第。元和元年(806)调补太常寺太祝,与白居易相识。张籍为太祝十年,因家境穷困、眼疾严重,故孟郊称他为"穷瞎张太祝"。元和十一年,转国子监助教,目疾初愈。十五年后,迁秘书郎。长庆元年(821),受韩愈荐为国子博士,迁水部员外郎,又迁主客郎中。大和二年(828),迁国子司业。世称"张水部""张司业"。张籍的乐府诗与王建齐名,并称"张王乐府"。 ②意万重:极言思想感情之复杂。 ③匆匆:既写出了自己的匆忙,也反映出捎信者的匆忙。 ④发:上路,出发。

十五夜望月寄杜郎中①

王 建②

中庭地白树栖鸦③,冷露无声湿桂花。

今夜月明人尽望,不知秋思落谁家④?

【注释】

①郎中：官名。 ②王建（约767—约830）：唐代诗人，字仲初，许州（今河南许昌）人。家贫，"从军走马十三年"，居乡则"终日忧衣食"。四十岁以后，"白发初为吏"，沉沦于下僚，任县丞、司马之类，世称"王司马"。他写了大量的乐府诗，同情百姓疾苦，与张籍齐名。③中庭：即庭中，庭院中。地白：指月光照在庭院里的地上，像铺了一层霜一样。 ④秋思：秋天的情思，此处指怀人的思绪。

新 嫁 娘

王 建

三日入厨下①，洗手作羹汤②。

未谙姑食性③，先遣小姑尝。

【注释】

①三日入厨：旧习，新娘婚后三日，要下厨亲手做饭。 ②羹汤：指饭菜。 ③谙：熟悉。姑：指婆婆。

雨过山村

王 建

雨里鸡鸣一两家，竹溪村路板桥斜。

妇姑相唤浴蚕去①，闲着中庭栀子花②。

【注释】

①妇姑：嫂嫂和小姑。浴蚕：将蚕种浸在盐水中以选出优良的蚕种，称为浴蚕。 ②闲着中庭栀子花：农人忙着干活，无人欣赏庭院里盛开的栀子花。

春 雪

韩 愈①

新年都未有芳华②,二月初惊见草芽。

白雪却嫌春色晚,故穿庭树作飞花。

【注释】

①韩愈(768—824):字退之,唐河南河阳(今河南孟州南)人。自谓"郡望昌黎",世称"韩昌黎"。唐代古文运动的倡导者,明人推他为唐宋八大家之首,与柳宗元并称"韩柳",有"文章巨公"和"百代文宗"之名。 ②芳华:芬芳的鲜花。

晚 春

韩 愈

草树知春不久归①,百般红紫斗芳菲。

杨花榆荚无才思②,惟解漫天作雪飞。

【注释】

①不久归:将要结束。 ②杨花:指柳絮。榆荚:又叫榆钱。才思:才华和能力。

玄都观桃花①

刘禹锡②

紫陌红尘拂面来③,无人不道看花回④。

玄都观里桃千树,尽是刘郎去后栽⑤。

【注释】

①玄都观:观名,在长安城南崇业坊(今西安市南门外)。 ②刘禹锡(772—842):字梦得,唐代中晚期著名诗人,有"诗豪"之称。曾任监察御史,政治上主张革新,是王叔文派政治革新活动的中心人物之一。后来"永贞革新"失败被贬为朗州(今湖南常德)司马。曾任太子宾客,世称"刘宾客"。与柳宗元并称"刘柳"。晚年住在洛阳,与白居易唱和较多,时称"刘白"。 ③紫陌:京城的街道。红尘:大路上扬起的尘埃。 ④无人不道看花回:街上来来往往的行人都是去玄都观看桃花的。不道,不说,这里有"不是"的意思。 ⑤刘郎:作者自己。

台 城①

刘禹锡

台城六代竞豪华②,结绮临春事最奢③。
万户千门成野草,只缘一曲《后庭花》。

【注释】

①台城:旧址在南京市玄武湖旁,六朝时是帝王荒淫享乐的场所。 ②六代:指东吴、东晋和南朝的宋、齐、梁、陈六个朝代。 ③结绮临春事最奢:陈后主在豪华的台城里营造了结绮、临春、望仙三座高达数十丈的楼阁,整天倚翠偎红,不理朝政,还自谱新曲《玉树后庭花》,填上淫词,让数以千计的美女边歌边舞。

长 相 思

白居易①

汴水流②,泗水流③。流到瓜洲古渡头④,吴山点点愁⑤。
思悠悠,恨悠悠。恨到归时方始休,月明人倚楼。

【注释】

①白居易（772—846）：字乐天，号香山居士，唐代伟大的现实主义诗人。其诗题材广泛，形式多样，语言平易通俗，有"诗魔"和"诗王"之称。官至翰林学士、左赞善大夫。 ②汴水：源于河南，东南流入安徽宿县、泗县，与泗水合流，入淮河。 ③泗水：源于山东曲阜，经徐州后，与汴水合流入淮河。 ④瓜洲：在今江苏省扬州市南面。 ⑤吴山：泛指江南群山。

大林寺桃花①

白居易

人间四月芳菲尽②，山寺桃花始盛开。
长恨春归无觅处③，不知转入此中来④。

【注释】

①大林寺：在庐山大林峰，相传为晋代僧人昙诜所建，为我国佛教胜地之一。 ②人间：指庐山下的平地村落。芳菲：盛开的花。 ③长恨：常常惋惜。 ④转：反。

卖 炭 翁①

白居易

卖炭翁，伐薪烧炭南山中②。
满面尘灰烟火色③，两鬓苍苍十指黑。
卖炭得钱何所营④？身上衣裳口中食。
可怜身上衣正单，心忧炭贱愿天寒。
夜来城外一尺雪，晓驾炭车辗冰辙。
牛困人饥日已高，市南门外泥中歇。

翩翩两骑来是谁⑤？黄衣使者白衫儿⑥。
手把文书口称敕，回车叱牛牵向北。
一车炭，千余斤⑦，宫使驱将惜不得⑧。
半匹红绡一丈绫⑨，系向牛头充炭直⑩。

【注释】

①卖炭翁：选自《白氏长庆集》，是组诗《新乐府》中的第32首，题注云："苦宫市也。"官市，指唐代皇宫里需要物品，就向市场上去拿，随便给点钱，实际上是公开掠夺。唐德宗时用太监专管此事。　②南山：即终南山，秦岭山脉的主峰之一，在今陕西西安南五十里处。　③烟火色：此处突出卖炭翁的辛劳。　④何所营：做什么用。营，经营。　⑤翩翩：轻快洒脱。此处形容得意忘形的样子。　⑥黄衣使者白衫儿：黄衣使者，指皇宫内的太监。白衫儿，指太监手下的爪牙。　⑦千余斤：不是实指，形容多。　⑧惜不得：舍不得。得，能够。惜，舍。　⑨半匹红绡一丈绫：唐代商务交易，绢、帛等丝织品可以代货币使用。当时钱贵绢贱，半匹红绡和一丈绫跟一车炭的价格相差很远，这是官方用贱价强夺民财。　⑩直：同"值"，价格。

邯郸冬至夜思家①

白居易

邯郸驿里逢冬至②，抱膝灯前影伴身。
想得家中夜深坐，还应说着远行人。

【注释】

①邯郸：唐代的县名，今河北邯郸市。　②驿：驿站，古代供传递政府文书的人及往来官员中途更换马匹、休息或住宿的地方。

问刘十九①

白居易

绿蚁新醅酒②，红泥小火炉。

晚来天欲雪③，能饮一杯无④？

【注释】

①刘十九：指刘禹锡的堂兄刘禹铜，系洛阳一富商，与白居易常有应酬。 ②绿蚁：指浮在新酿的没有过滤的米酒上的绿色泡沫。醅：酿造。 ③雪：名词作动词，下雪。 ④无：表示疑问的语气词，相当于"吗"。

南 浦 别①

白居易

南浦凄凄别②，西风袅袅秋。

一看肠一断③，好去莫回头④。

【注释】

①南浦：南面的水滨。古人常在南浦送别亲友。《楚辞·九歌·河泊》："送美人兮南浦。"江淹《别赋》："送君南浦，伤如之何！"故"南浦"像"长亭"一样，成为送别之处的代名词。 ②凄凄：凄凉、愁苦。 ③一看：回过头来默默地看。 ④好去：安心去吧。

渔 翁

柳宗元①

渔翁夜傍西岩宿，晓汲清湘燃楚竹②。

烟销日出不见人③，欸乃一声山水绿④。

回看天际下中流⑤，岩上无心云相逐⑥。

【注释】

①柳宗元（773—819）：字子厚，唐代著名文学家、哲学家，唐宋八大家之一。因为他是河东解（今山西运城西南）人，人称"柳河东"，又因终于柳州刺史任上，又称"柳柳州"。与韩愈同为中唐"古文运动"的领导人物，并称"韩柳"。其诗、文成就均极为杰出。 ②汲：取水。湘：湘江之水。楚：西山古属楚地。 ③销：通"消"，消散。 ④欸乃：象声词，一说指桨声，一说指人长呼之声。 ⑤下中流：由中流而下。 ⑥无心：陶渊明《归去来兮辞》："云无心而出岫。"一般指庄子所说的物我两忘的境界。

行 宫

元 稹①

寥落古行宫②，宫花寂寞红。
白头宫女在，闲坐说玄宗。

【注释】

①元稹（779—831）：字微之，河南（府治今河南洛阳）人。与白居易同科及第，并结为终生诗友，共同提倡"新乐府"，世人常把他和白居易并称"元白"。元稹的创作，以诗成就最大。其乐府诗创作，多受张籍、王建的影响，而其"新题乐府"则直接缘于李绅。作有传奇《莺莺传》，又名《会真记》，《西厢记》就是在此基础上演绎出来的。 ②寥落：寂寞、冷落。行宫：皇帝在京城之外的宫殿。

离 思

元 稹

曾经沧海难为水，除却巫山不是云。①
取次花丛懒回顾②，半缘修道半缘君③。

【注释】

①"曾经沧海难为水"二句：经历过沧海的人，别处的水再难吸引他；除了云蒸霞蔚的巫山之云，别处的云都黯然失色。沧海，大海。因海水呈苍青色，故称沧海。除却，除了。 ②取次：循序而进。 ③半缘：一半因为。修道：此处指的是品德学问的修养。

剑 客

贾 岛①

十年磨一剑，霜刃未曾试②。

今日把示君③，谁有不平事？

【注释】

①贾岛（779—843）：字浪（阆）仙，唐代诗人。早年出家为僧，名无本，自号"碣石山人"。后受教于韩愈，并还俗参加科举，但累举不中第。唐文宗时被排挤，贬为长江主簿，世称"贾长江"。其诗精于雕琢，喜写荒凉、枯寂之境，风格凄苦，人称"诗囚"，又称"诗奴"。 ②霜刃：形容剑锋寒光闪闪，十分锋利。 ③示：给……看。

题 诗 后

贾 岛

二句三年得，一吟双泪流。

知音如不赏①，归卧故山秋②。

【注释】

①赏：欣赏。 ②故山：故乡。

题李凝幽居

贾 岛

闲居少邻并,草径入荒园。

鸟宿池边树,僧敲月下门。

过桥分野色,移石动云根①。

暂去还来此,幽期不负言②。

【注释】

①云根:古人认为"云触石而生",故称石为"云根"。这里指石根云气。　②幽期:再访幽居的期约。负言:指食言,不履行诺言。

闺意献张水部①

朱庆余②

洞房昨夜停红烛③,待晓堂前拜舅姑④。

妆罢低声问夫婿,画眉深浅入时无⑤?

【注释】

①闺意献张水部:又名"近试上张水部"。张水部,即张籍,曾任水部员外郎。　②朱庆余:生卒年不详,名可久。宝历二年(827)进士,官至秘书省校书郎。曾作《闺意献张水部》,呈给张籍。以增加中进士的机会。据说张籍读后大为赞赏,回赠他一首诗:"越女新装出镜心,自知明艳更沉吟。齐纨未是人间贵,一曲菱歌值万金。"于是朱庆余名噪一时。③停红烛:让红烛通宵点着。停,留置。　④舅姑:公婆。　⑤入时无:是否时髦。这里借喻文章是否合适。

南 园① (其一)

李 贺②

花枝草蔓眼中开③,小白长红越女腮④。

可怜日暮嫣香落⑤,嫁与春风不用媒⑥。

【注释】

①南园：李贺的组诗，共十三首，是李贺辞官回乡居住昌谷家中时所作。 ②李贺（790—816），字长吉，福昌（今河南宜阳西）人，唐代著名诗人。一生愁苦多病，仅曾官奉礼郎。因病27岁卒。李贺是中唐浪漫主义诗人的代表，又是中唐到晚唐诗风转变期的重要人物，世称"鬼才""诗鬼"等，与李白、李商隐三人并称唐代"三李"。 ③花枝草蔓：指园内所有的花。 ④小白长红：写花的颜色，意思是红的多，白的少。越女腮：把娇艳的鲜花比作越地美女的面颊。 ⑤可怜：可惜。 ⑥嫁与春风不用媒：委身于春风，不需媒人作合，没有任何阻拦，好像两相情愿。其实，花何尝愿意离开本枝，随风飘零，只为盛时已过，无力撑持，春风过处，便不由自主地坠落下来。

南 园 (其五)

李 贺

男儿何不带吴钩①,收取关山五十州②。

请君暂上凌烟阁③,若个书生万户侯④。

【注释】

①吴钩：春秋吴人善铸钩，故称。后也泛指利剑。钩，兵器，形似剑而曲。 ②关山：代指边关。 ③凌烟阁：唐太宗为怀念当初一同打天下的众位功臣，命阎立本在凌烟阁内描绘了二十四位功臣的图像，皆真人大

小，太宗常前往怀旧。　④若个书生万户侯：封侯拜相，即凌烟阁的功臣，有哪一个是书生出身？

南　园（其六）

李　贺

寻章摘句老雕虫①，晓月当帘挂玉弓。

不见年年辽海上②，文章何处哭秋风③？

【注释】

①寻章摘句老雕虫：诗人的青春年华就消磨在这寻章摘句的雕虫小技上了。　②辽海：指东北边境。唐宪宗曾多次派兵讨伐这一带的割据势力，屡战屡败，藩镇割据的局面依然如故。　③文章何处哭秋风："文章"代指文士，实即作者自己。"哭秋风"不是一般的悲秋，而是感伤时事、哀悼穷途的文士之悲。社会黑暗，君王昏庸，所以"文章"不显，这正是李贺之所以"哭秋风"的真正原因。

马　诗（其五）

李　贺

大漠沙如雪，燕山月似钩。

何当金络脑①，快走踏清秋。

【注释】

①金络脑：用黄金装饰的马笼头，说明马具的华贵。

偶　书

刘　叉①

日出扶桑一丈高②，人间万事细如毛。

野夫怒见不平处③，磨损胸中万古刀④。

【注释】

①刘叉：唐代诗人，生卒年、字号、籍贯均不详。活动在元和间，以"任气"著称，喜评论时人。韩愈善接天下士，他闻名前往，赋《冰柱》《雪车》二诗，名出卢仝、孟郊之上。　②扶桑：神话中海外的大树，据说太阳从这里出来。　③野夫：指诗人。　④磨损胸中万古刀：是说正义感、是非感珍藏于胸，犹如一把万古留传的宝刀，刀光熠烁，气冲斗牛。可是，因为社会的压抑，路见不平却不能拔刀相助，只能任胸中那把无形的刀销蚀、磨损。

咸阳城西楼晚眺

许　浑①

一上高城万里愁，蒹葭杨柳似汀洲。
溪云初起日沉阁，山雨欲来风满楼。
鸟下绿芜秦苑夕，蝉鸣黄叶汉宫秋。②
行人莫问当年事③，故国东来渭水流。

【注释】

①许浑（约791—约858）：字用晦，一作仲晦，武后朝宰相许圉师六世孙。文宗大和六年（832）进士及第，先后任当涂、太平令，因病免。大中年间入为监察御史，因病乞归，后复出仕，任润州司马。晚年归润州丁卯桥村舍闲居，自编诗集，曰《丁卯集》。其诗皆近体，五七律尤多，句法圆熟工稳，声调平仄自成一格，即所谓"丁卯体"。诗多写"水"，故有"许浑千首湿"之讽。　②"鸟下绿芜秦苑夕"二句：夕照下，飞鸟下落至长着绿草的秦苑中，秋蝉也在挂着黄叶的汉宫中鸣叫着。　③当年：一作"前朝"。

谢亭送别①

许 浑

劳歌一曲解行舟②,红叶青山水急流。

日暮酒醒人已远,满天风雨下西楼。

【注释】

①谢亭:又叫谢公亭,在宣城北面,南齐诗人谢朓任宣城太守时所建。 ②劳歌:原本指在劳亭(旧址在今南京市南面,是著名的送别之地)送客时唱的歌,后来遂成为送别歌的代称。

遣 怀

杜 牧①

落魄江湖载酒行,楚腰纤细掌中轻②。

十年一觉扬州梦,赢得青楼薄幸名③。

【注释】

①杜牧(803—853):字牧之,号樊川居士,京兆万年(今陕西西安)人,唐代诗人。人称"小杜",与李商隐并称"小李杜"。因晚年居长安南樊川别墅,故后世称"杜樊川",著有《樊川文集》。 ②楚腰:指细腰美女。《韩非子·二柄》:"楚灵王好细腰,而国中多饿人。"掌中轻:汉成帝皇后赵飞燕"体轻,能为掌上舞"(《飞燕外传》)。 ③青楼:旧指精美华丽的楼房,也指妓院。薄幸:薄情。

寄扬州韩绰判官①

杜 牧

青山隐隐水迢迢,秋尽江南草未凋。

二十四桥明月夜,玉人何处教吹箫②。

【注释】

①韩绰：事不详，杜牧另有《哭韩绰》诗。判官：观察使、节度使的僚属。时韩绰似任淮南节度使判官。文宗大和七年至九年（833—835），杜牧曾任淮南节度使掌书记，与韩绰是同僚。 ②玉人：美人。

题乌江亭①

杜 牧

胜败兵家事不期②，包羞忍耻是男儿。

江东子弟多才俊③，卷土重来未可知。

【注释】

①乌江亭：在今安徽和县东北的乌江浦。《史记·项羽本纪》载，项羽兵败，乌江亭长备好船劝他渡江回江东再图发展，他觉得无颜见江东父老，乃自刎于江边。杜牧过乌江亭时，写了这首咏史诗。 ②期：难以预料。 ③江东：指江南苏州一带，是项羽起兵的地方。

赠别二首（其一）

杜 牧

娉娉袅袅十三余，豆蔻梢头二月初①。

春风十里扬州路，卷上珠帘总不如。②

【注释】

①豆蔻：产于南方，其花成穗时，嫩叶卷之而生，穗头深红，叶渐展开，花渐放出，颜色稍淡。南方人摘其含苞待放者，美其名曰"含胎花"，常用来比喻少女。 ②"春风十里扬州路"二句：看遍扬州城十里长街的青春佳丽，卷起珠帘卖俏的粉黛没有谁比得上她的。

赠别二首（其二）

杜 牧

多情却似总无情，唯觉樽前笑不成。

蜡烛有心还惜别①，替人垂泪到天明。

【注释】

①蜡烛有心：一语双关，蜡烛本是有烛芯的，而在诗人的眼里烛芯却变成了"惜别"之心，把蜡烛拟人化了。

陇 西 行①

陈 陶②

誓扫匈奴不顾身，五千貂锦丧胡尘③。

可怜无定河边骨④，犹是春闺梦里人⑤。

【注释】

①陇西行：原为乐府古题。唐代诗人常用古题作诗。 ②陈陶：字嵩伯，自号三教布衣。早年游学长安，善天文历象，尤工诗。举进士不第，遂恣游名山。唐宣宗大中时，隐居洪州西山，后不知所终。 ③貂锦：这里指战士，指装备精良的精锐之师。 ④无定河：在陕西北部。 ⑤春闺：指战死者的妻子。

蝉

李商隐①

本以高难饱，徒劳恨费声。②

五更疏欲断，一树碧无情③。

薄宦梗犹泛④，故园芜已平⑤。

烦君最相警，我亦举家清。

【注释】

①李商隐：晚唐最出色的诗人之一，和杜牧合称"小李杜"，与温庭筠合称"温李"。其诗构思新奇，风格秾丽，尤其是一些爱情诗和无题诗，写得缠绵悱恻，优美动人，广为传诵，有《李义山诗集》。 ②"本以高难饱"二句：古人误以为蝉是餐风饮露的。这里是说，既欲栖高处，自难以饱腹，虽带恨声，实也徒然。 ③一树碧无情：意谓蝉虽哀鸣，树却自呈苍润，像是无情相待。实是隐喻受人冷落。 ④薄宦：官卑职微。梗犹泛：这里是自伤沦落意。 ⑤芜已平：荒芜到了没路的地步。

宿骆氏亭寄怀崔雍崔衮①

李商隐

竹坞无尘水槛清②，相思迢递隔重城。
秋阴不散霜飞晚，留得枯荷听雨声。

【注释】

①崔雍、崔衮：崔戎的儿子，李商隐的表兄弟。 ②竹坞：生长竹的池边高地。水槛：临水栏杆。

柳

李商隐

曾逐东风拂舞筵①，乐游春苑断肠天②。
如何肯到清秋日，已带斜阳又带蝉！

【注释】

①拂舞筵：迎风而动的柳条就像一位酒宴之上翩翩起舞的美女，翠袖绿裙，左摆右摇，煞是好看。 ②断肠天：指繁花似锦的春日。断肠，即销魂，言花之色香使人心醉神摇。

嫦　娥

李商隐

云母屏风烛影深①，长河渐落晓星沉②。

嫦娥应悔偷灵药，碧海青天夜夜心。

【注释】

①云母屏风：嵌着云母石的屏风。此句指嫦娥在月宫居室中独处，夜里，唯有烛影和屏风相伴。　②长河渐落晓星沉：银河逐渐向西倾斜，晓星也将隐没，又一个孤独的夜晚过去了。

贾　生①

李商隐

宣室求贤访逐臣②，贾生才调更无伦③。

可怜夜半虚前席④，不问苍生问鬼神⑤。

【注释】

①贾生：贾谊，西汉著名的政论家，力主改革弊政，提出许多重要政治主张，但却遭谗被贬，一生抑郁不得志。　②宣室：汉未央宫前殿的正室。逐臣：被贬之臣。贾谊被贬后，汉文帝曾将他召还，问事于宣室。③才调：才气。无伦：脱俗超群，无与伦比。　④可怜：可惜，可叹。虚：空自，徒然。前席：在坐席上移膝靠近对方。　⑤问鬼神：文帝接见贾谊，"问鬼神之本。贾生因具道所以然之状。至夜半，文帝前席"。事见《史记·屈原贾生列传》。

台　城①

韦　庄②

江雨霏霏江草齐，六朝如梦鸟空啼③。

无情最是台城柳，依旧烟笼十里堤。

【注释】

①台城：也称苑城，在南京玄武湖边，原为六朝时城墙。 ②韦庄（约836—910）：字端己，诗人韦应物的四代孙，唐朝花间派词人，词风清丽，有《浣花集》流传。 ③六朝：指东吴、东晋和南朝的宋、齐、梁、陈。

忆 昔

韦 庄

昔年曾向五陵游①，子夜歌清月满楼②。
银烛树前长似昼③，露桃花里不知秋④。
西园公子名无忌⑤，南国佳人号莫愁⑥。
今日乱离俱是梦，夕阳唯见水东流⑦！

【注释】

①五陵：是长安城外唐代贵族聚居之地。诗中"五陵"不单指长安，也泛指当时的贵族社会。 ②子夜歌：是乐府古曲，歌词多写男女及时行乐之情，诗人以此讽刺豪门贵族一年四季追欢逐乐、笙歌达旦的奢靡生活。 ③银烛树前长似昼：写王公豪富之家酒食征逐，昼夜不分。 ④露桃花里不知秋：语出王昌龄《春宫曲》"昨夜风开露井桃"，借前人诗句暗指宫廷，斥其沉迷酒色以致春秋不辨。 ⑤西园公子：指魏文帝曹丕及其弟曹植等。无忌：战国时代魏国公子信陵君的名号。韦庄巧妙地把曹魏之"魏"与战国七雄之"魏"牵合在一起，由此引出"无忌"二字。但又不把"无忌"作专名看待，仅取其"无所忌惮"之意，实际意思是指斥王孙公子肆无忌惮。 ⑥莫愁：传说中一位美丽歌女的名字。 ⑦夕阳：象征唐末国运已如日薄西山。水东流：象征唐王朝崩溃的大势如碧水东去，颓波难挽。

题菊花

黄巢①

飒飒西风满院栽,蕊寒香冷蝶难来。

他年我若为青帝②,报与桃花一处开③。

【注释】

①黄巢(?—884):唐曹州冤句(今山东曹县西北)人。出身盐商,积财聚众,尤好收留亡命之徒。唐懿宗以来,因皇室奢侈过度,赋税沉重,加上连年发生水旱灾害,遂致民不聊生,盗匪群起。唐僖宗乾符元年(874),王仙芝率盗匪起事。翌年,黄巢起兵响应。乾符五年,王仙芝败死于湖北,黄巢被推举为冲天大将军,率众攻掠江、浙、闽、粤等地。广明元年(880),陷洛阳、长安。僖宗逃奔成都,巢自号为帝,国号大齐。唐以官爵笼络李克用相援,大败黄巢,巢自刎身亡。 ②青帝:春神,古代传说中的五天帝之一,住在东方,主行春天时令。 ③报:告诉,告知,此处有"命令"的意思。

咏菊

黄巢

待到秋来九月八①,我花开后百花杀②。

冲天香阵透长安,满城尽带黄金甲③。

【注释】

①九月八:菊花节。不说"九月九"而说"九月八",是为了与"杀""甲"押韵。 ②杀:凋零。 ③黄金甲:喻指黄色的花瓣。

春　怨

金昌绪[①]

打起黄莺儿，莫教枝上啼。

啼时惊妾梦，不得到辽西[②]。

【注释】

①金昌绪：生卒年不详。唐朝余杭（今浙江杭州）人，身世不可考，诗传于世仅《春怨》一首。　②辽西：古郡名，在今辽宁省辽河以西。这里代指边关。

小　松

杜荀鹤[①]

自小刺头深草里[②]，而今渐觉出蓬蒿。

时人不识凌云木，直待凌云始道高。

【注释】

①杜荀鹤（约846—约904）：唐代诗人，字彦之，号九华山人。出身寒微，屡入长安应考，不第还山。当黄巢起义军席卷山东、河南一带时，他又从长安回家。后游大梁（今河南开封），献《时世行》10首于朱温，希望他省徭役，薄赋敛，不合温意。他旅寄僧寺中，朱温部下敬翔劝说他"稍削古风，即可进身"，因此上颂德诗30章取悦于温。著有《唐风集》。②刺头：指长满松针的小松树。

贫 女

秦韬玉①

蓬门未识绮罗香②,拟托良媒益自伤③。
谁爱风流高格调,共怜时世俭梳妆④。
敢将十指夸针巧,不把双眉斗画长⑤。
苦恨年年压金线⑥,为他人作嫁衣裳。

【注释】

①秦韬玉:唐代诗人,生卒年不详,字中明,一作仲明。出生于尚武世家,父为左军军将。少有辞藻,工歌吟,却累举不第,后谄附当时有权势的宦官田令孜,充当幕僚,官丞郎,判盐铁。黄巢起义军攻占长安后,韬玉从僖宗入蜀,中和二年(882)特赐进士及第,编入春榜。田令孜又擢其为工部侍郎、神策军判官。时人戏为"巧宦",后不知所终。 ②蓬门:用蓬茅编扎的门,指穷人家。绮罗:华贵的丝织品或丝绸制品,这里指富贵妇女的华丽衣裳。 ③拟:打算。托良媒:拜托好的媒人。 ④"谁爱风流高格调"二句:当时的风俗重富贵而不重品行,有谁来欣赏贫女的意态娴雅和品行高洁呢?又有谁来与贫女共惜当今俭朴的梳妆呢?风流,指意态娴雅。高格调,很高的品格和情调。怜,爱惜。时世,当世,当今。 ⑤斗:比。 ⑥苦恨:深恨。压金线:用金线绣花。压,刺绣的一种手法,这里作动词用,是刺绣的意思。

社 日

王 驾②

鹅湖山下稻粱肥③,豚栅鸡栖半掩扉④。
桑柘影斜春社散⑤,家家扶得醉人归。

【注释】

①社日：古代祭祀土神的日子，春秋两祭，分为春社和秋社。 ②王驾（851—?）：晚唐诗人，字大用，自号守素先生。大顺元年（890）登进士第，仕至礼部员外郎。后弃官归隐。与郑谷、司空图友善，诗风亦相近。其绝句构思巧妙，自然流畅。 ③鹅湖：在江西省铅山县，一年两稻。 ④豚栅鸡栖半掩扉：意思是说，猪归圈，鸡归巢，家家户户的门还关着，村民们祭社聚宴还没回来。豚栅，小猪圈。鸡栖，鸡舍。 ⑤桑柘：桑树和柘树，这两种树的叶子均可用来养蚕。

雨 晴

王 驾

雨前初见花间蕊，雨后全无叶底花。
蜂蝶纷纷过墙去，却疑春色在邻家。

寄 夫

陈玉兰[①]

夫戍边关妾在吴，西风吹妾妾忧夫。
一行书信千行泪，寒到君边衣到无？

【注释】

①陈玉兰：唐代吴（今江苏苏州）人，王驾之妻，生卒年不详，有《寄夫》诗广为传颂。

早 梅

齐 己①

万木冻欲折,孤根暖独回②。

前村深雪里,昨夜一枝开。

风递幽香出,禽窥素艳来。

明年如应律③,先发望春台④。

【注释】

①齐己(约860—约937):出家前俗名胡得生,晚年自号衡岳沙门,潭州益阳(今属湖南)人,唐朝晚期著名诗僧。 ②孤根暖独回:孤独梅树的地下根茎得到大地的暖气,恢复了生机。 ③应律:顺应自然规律按时开放。 ④望春台:既指京城,又似有"望春"的含义。

述国亡诗①

花蕊夫人②

君王城上竖降旗,妾在深宫那得知。

十四万人齐解甲,更无一个是男儿。

【注释】

①述国亡诗:孟蜀亡国后,花蕊夫人被掳入宋。宋太祖久闻其诗名,召她陈诗。 ②花蕊夫人:后蜀皇帝孟昶的费贵妃,五代十国时期的女诗人,青城(今四川都江堰市南)人。幼能文,尤长于宫词。得幸蜀主孟昶,赐号花蕊夫人。

金缕衣①

无名氏

劝君莫惜金缕衣,劝君惜取少年时。

花开堪折直须折②,莫待无花空折枝。

【注释】

①金缕衣:缀有金线的衣服,比喻荣华富贵。 ②直须:尽管。直,直接,爽快。

望江南

李 煜①

多少恨,昨夜梦魂中②。还似旧时游上苑③,车如流水马如龙,花月正春风。

【注释】

①李煜:字重光,初名从嘉,号钟隐、莲峰居士,五代十国时南唐国君,961年至975年在位。南唐元宗李璟第六子,于宋建隆二年(961)继位,史称李后主。开宝八年,宋军破南唐都城,李煜降宋,被俘至汴京,封为右千牛卫上将军、违命侯。后因作感怀故国的名词《虞美人》而被宋太宗毒死。李煜虽不通政治,却有非凡的艺术才华,精书法,善绘画,通音律,诗和文均有一定造诣,尤以词的成就最高。在政治上失败的李煜,却在词坛留下了不朽的篇章,被称为"千古词帝"。 ②梦魂:古人认为,在睡梦中人的灵魂会离开肉体,故称"梦魂"。 ③上苑:封建时代供帝王玩赏、打猎的园林。

相见欢

李 煜

林花谢了春红①,太匆匆,无奈朝来寒雨晚来风。

胭脂泪②,留人醉,几时重③?自是人生长恨水长东。

【注释】

①谢:凋谢。 ②胭脂泪:原指女子的眼泪,女子脸上搽有胭脂,泪水流经脸颊时沾上胭脂的红色,故云。此处指梨花着雨的鲜艳颜色,指代美好的花。 ③几时重:何时再度相会。

破 阵 子

李 煜

四十年①来家国,三千里地山河。凤阁龙楼连霄汉②,玉树琼枝作烟萝③。几曾识干戈④?

一旦归为臣虏,沈腰潘鬓消磨⑤。最是仓皇辞庙日⑥,教坊犹奏别离歌。垂泪对宫娥。

【注释】

①四十年:南唐自建国至李煜作此词,为三十八年,此处四十年为概数。 ②凤阁:指帝王居所。霄汉:天河。 ③玉树琼枝:形容树的美好。烟萝:形容树木枝叶繁茂,如同笼罩着雾气。 ④识干戈:经历战争。干戈,武器,此处指代战争。 ⑤沈腰潘鬓:沈腰,指代人日渐消瘦。沈,指沈约。潘鬓,指代中年白发。潘,指潘岳。 ⑥辞庙:辞,离开。庙,宗庙,古代帝王供奉祖先牌位的地方。

寻隐者不遇①

魏 野②

寻真误入蓬莱岛③,香风不动松花老④。
采芝何处未归来⑤,白云遍地无人扫⑥。

【注释】

①隐者：隐士，处士，指脱离尘世回归自然的人，从"寻真""蓬莱"两个词可以推测，隐者在这里是指所谓的仙人。　②魏野（960—1019）：字仲先，号草堂居士，北宋诗人。　③真：即仙人，道家称存养本性或修真得道的人为真人。蓬莱：又称"蓬壶"。神话中渤海里仙人居住的三座仙山之一（另两座为"方丈""瀛洲"）。　④松花：松树的花。老：衰老，引申为花的衰老，即凋零的意思。　⑤采芝：摘采芝草。古以芝草为神草，服之长生，故常以"采芝"喻隐居或求仙。⑥遍：一作"满"。

山园小梅

林　逋①

众芳摇落独暄妍②，占尽风情向小园。

疏影横斜水清浅③，暗香浮动月黄昏④。

霜禽欲下先偷眼⑤，粉蝶如知合断魂⑥。

幸有微吟可相狎⑦，不须檀板共金樽⑧。

【注释】

①林逋（967—1029）：字君复，北宋诗人。幼时刻苦好学，通晓经史百家。性孤高自好，喜恬淡，不趋荣利。长大后，曾漫游江淮间，后隐居杭州西湖，结庐孤山。常驾小舟遍游西湖诸寺庙，与高僧诗友相往还。终生不仕不娶，无子，唯喜植梅养鹤，自谓"以梅为妻，以鹤为子"，人称"梅妻鹤子"。死后宋仁宗赐谥号"和靖先生"。　②摇落：被风吹落。暄妍：明媚美丽。　③疏影：梅花疏疏落落。横斜：指斜横的枝干投在水中的影子。　④暗香浮动：梅花散发的幽香在飘动。　⑤霜禽：一指"白鹤"，二指"冬天的禽鸟"，与下句中夏天的"粉蝶"相对。　⑥合：应

该。　⑦狎：亲近而态度不庄重。　⑧檀板：演唱时用的檀木拍板，此处指歌唱。

长 相 思

林　逋

吴山青，越山青。两岸青山相送迎，谁知离别情？

君泪盈，妾泪盈。罗带同心结未成，江头潮已平。

对竹思鹤

钱惟演①

瘦玉萧萧伊水头②，风宜清夜露宜秋。

更教仙骥旁边立③，尽是人间第一流。

【注释】

①钱惟演（977—1034）：北宋"西昆体"代表诗人。与杨亿、刘筠等十七人相唱和，合辑为《西昆酬唱集》。　②瘦玉：竹子。　③仙骥：鹤。仙人常骑鹤，故鹤便成了仙人的骥。

蝶 恋 花

柳　永①

伫倚危楼风细细②，望极春愁③，黯黯生天际④。草色烟光残照里，无言谁会凭阑意。

拟把疏狂图一醉⑤，对酒当歌，强乐还无味。衣带渐宽终不悔，为伊消得人憔悴。

【注释】

①柳永（约987—约1053）：北宋著名婉约派词人，崇安（今福建武

夷山市）人。原名三变，字景庄。后改名永，字耆卿，排行第七，又称柳七。宋仁宗朝进士，官至屯田员外郎，故世称柳屯田。他自称"奉旨填词柳三变"，以毕生精力作词，并以"白衣卿相"自诩。其词多描绘城市风光和歌妓生活，尤长于抒写羁旅行役之情，创作以慢词居多。铺叙刻画，情景交融，语言通俗，音律谐婉，在当时流传极其广泛，人称"凡有井水饮处，皆能歌柳词"，对宋词的发展有重大影响。有《乐章集》。 ②伫倚危楼：长时间依靠在高楼的栏杆上。伫，久立。危楼，高楼。 ③望极：极目远望。 ④黯黯：心情沮丧忧愁。生天际：从遥远的天边升起。 ⑤拟把：打算。疏狂：狂放不羁。

鹤 冲 天

柳 永

黄金榜上，偶失龙头望。①明代暂遗贤②，如何向？未遂风云便③，争不恣狂荡④，何须论得丧？才子词人，自是白衣卿相。

烟花巷陌，依约丹青屏障。幸有意中人，堪寻访。且恁偎红倚翠，风流事，平生畅。青春都一饷。忍把浮名，换了浅斟低唱。⑤

【注释】

①"黄金榜上"二句：考科举求功名，柳永并不满足于登进士第，而是把夺取殿试头名状元作为目标。落榜只认为"偶失""遗贤"，只说是"暂"，由此可见柳永狂傲自负的性格。 ②明代暂遗贤：他自称"明代遗贤"，是讽刺仁宗朝号称清明盛世，却不能做到"野无遗贤"。 ③未遂风云便：理想落空。 ④争不恣狂荡：自己要过那种为一般封建士人所不齿的流连坊曲、无拘无束的狂荡生活。后文"偎红倚翠""浅斟低唱"，是对"狂荡"的具体说明。 ⑤"青春都一饷"三句：谓青春短暂，不忍虚掷，为"浮名"而牺牲赏心乐事。

八声甘州

柳　永

对潇潇暮雨洒江天，一番洗清秋。渐霜风凄紧①，关河冷落，残照当楼。是处红衰翠减②，苒苒物华休。惟有长江水，无语东流。

不忍登高临远，望故乡渺邈③，归思难收。叹年来踪迹，何事苦淹留④。想佳人，妆楼颙望⑤，误几回，天际识归舟。争知我⑥，倚阑干处，正恁凝愁。

【注释】

①霜风：秋风。　②是处红衰翠减：到处花草凋零。是处，处处。③渺邈：遥远。　④淹留：久留。　⑤颙望：抬头远望。　⑥争：怎。

天仙子

张　先①

《水调》数声持酒听②，午醉醒来愁未醒。送春春去几时回？临晚镜，伤流景③，往事后期空记省。

沙上并禽池上暝④，云破月来花弄影。重重帘幕密遮灯，风不定，人初静，明日落红应满径。

【注释】

①张先（990—1078）：字子野，乌程（今浙江湖州）人。北宋时期著名的词人，善作慢词，与柳永齐名，造语工巧，曾因善用"影"字，世称张三影。著有《张子野词》，存词一百八十多首。　②《水调》：曲调名。　③流景：逝去的光阴。景，日光。　④并禽：成对的鸟儿。这里指鸳鸯。

玉 楼 春

晏 殊①

绿杨芳草长亭路,年少抛人容易去②。楼头残梦五更钟,花底离愁三月雨。

无情不似多情苦,一寸还成千万缕③。天涯地角有穷时,只有相思无尽处。

【注释】

①晏殊(991—1055):字同叔,北宋前期婉约派词人之一。抚州临川(今江西抚州)人。其著作相当丰富,计有文集一百四十卷,诗歌作品有《珠玉词》。 ②容易:轻易,随便。 ③一寸:指心绪。

玉 楼 春

宋 祁①

东城渐觉风光好。縠皱波纹迎客棹②。绿杨烟外晓寒轻,红杏枝头春意闹。

浮生长恨欢娱少。肯爱千金轻一笑③。为君持酒劝斜阳,且向花间留晚照。

【注释】

①宋祁(998—1061):北宋文学家、史学家。字子京,开封雍丘(今河南杞县)人。诗词语言工丽,因《玉楼春》词中有"红杏枝头春意闹"句,世称"红杏尚书"。有《宋景文公长短句》一卷。 ②縠皱波纹:形容波纹细如皱纹。縠(hú)皱:即皱纱,有皱褶的纱。棹:船桨,此指船。 ③肯爱:岂肯吝惜,即不吝惜。一笑:特指美人之笑。

宿甘露寺僧舍①

曾公亮②

枕中云气千峰近,床底松声万壑哀③。

要看银山拍天浪④,开窗放入大江来。

【注释】

①甘露寺:在今江苏镇江北固山上,下临长江。 ②曾公亮(999—1078):北宋著名政治家、军事家、军火家、思想家。字明仲,号乐正,泉州晋江(今福建泉州)人。曾公亮与丁度承旨编撰《武经总要》,为中国古代第一部官方编纂的军事科学百科全书。 ③松声万壑(hè):长江的波涛声像山谷中的松声一样。 ④银山拍天浪:形容波浪滔天,像银山一样。

陶 者

梅尧臣①

陶尽门前土,屋上无片瓦。

十指不沾泥,鳞鳞居大厦②。

【注释】

①梅尧臣(1002—1060):字圣俞,北宋著名现实主义诗人。宣州宣城(今属安徽)人。宣城古称宛陵,因此其又世称梅宛陵。曾参与编撰《新唐书》,有《宛陵先生集》60卷。 ②鳞鳞居大厦:瓦片如鱼鳞的高楼大厦。

戏答元珍

欧阳修①

春风疑不到天涯②,二月山城未见花③。

残雪压枝犹有橘,冻雷惊笋欲抽芽。④
夜闻归雁生乡思,病入新年感物华。⑤
曾是洛阳花下客⑥,野芳虽晚不须嗟。

【注释】

①欧阳修(1007—1072):字永叔,号醉翁,又号六一居士。吉州吉水(今属江西)人,谥号文忠,世称欧阳文忠公,北宋卓越的文学家、史学家。曾与宋祁合修《新唐书》,并独撰《新五代史》。且又喜收集金石文字,编为《集古录》。有《欧阳文忠公文集》。 ②天涯:极边远的地方,诗中指作者被贬官所至的夷陵(今湖北宜昌)。 ③山城:亦指夷陵。 ④"残雪压枝犹有橘"二句:诗人在《夷陵县四喜堂记》中说,夷陵"又有橘柚茶笋四时之味"。残雪,初春还未完全融化的雪。冻雷,初春时节的雷,因仍有雪,故称。 ⑤"夜闻归雁生乡思"二句:一作"鸟声渐变知芳节,人意无聊感物华"。归雁,春季大雁北飞,故云。感物华,感叹事物的美好。 ⑥曾是洛阳花下客:宋仁宗天圣八年(1030)至景祐元年(1034),欧阳修曾任西京(洛阳)留守推官。洛阳以牡丹著称,花开时,作者时常与朋友在花下遨游。

画 眉 鸟

欧阳修

百啭千声随意移①,山花红紫树高低。
始知锁向金笼听②,不及林间自在啼。

【注释】

①随意移:自由自在地在树林里飞来飞去。 ②金笼:镶金的鸟笼。

蝶 恋 花

欧阳修

庭院深深深几许,杨柳堆烟,帘幕无重数。玉勒雕鞍游冶处①,

楼高不见章台路②。

雨横风狂三月暮,门掩黄昏,无计留春住。泪眼问花花不语,乱红飞过秋千去。

【注释】

①游冶处:指青楼妓院。游冶,冶游,艳游。 ②章台路:汉长安有章台街,无比繁华,后人以章台喻歌妓聚居之所。

浪淘沙

欧阳修

把酒祝东风①,且共从容,垂杨紫陌洛城东②。总是当时携手处,游遍芳丛。

聚散苦匆匆,此恨无穷。今年花胜去年红。可惜明年花更好,知与谁同?

【注释】

①祝:祈祷。 ②紫陌:泛指皇城之外的路。

夜 直①

王安石②

金炉香烬漏声残③,翦翦轻风阵阵寒④。

春色恼人眠不得⑤,月移花影上栏干。

【注释】

①夜直:晚上值班。直,通"值"。 ②王安石(1021—1086):字介甫,号半山,谥文,封荆国公,世人又称王荆公。北宋抚州临川人,中国历史上杰出的政治家、思想家、文学家,唐宋八大家之一。北宋丞相、新党领袖。传世文集有《王临川集》《临川集拾遗》等。 ③漏声残:天将

亮。　④飒飒：形容风轻且带点寒意。　⑤恼：撩。

梅　花

王安石

墙角数枝梅，凌寒独自开①。

遥知不是雪，为有暗香来②。

【注释】

①凌寒：冒着严寒。　②为：因为。暗香：指梅花的幽香。

蚕　妇

张　俞①

昨日入城市②，归来泪满巾。

遍身罗绮者③，不是养蚕人。

【注释】

①张俞：生卒年不详，北宋文学家。字少愚，又字才叔，号白云先生，益州郫（今四川郫县）人。自号"白云先生"。著有《白云集》，已佚。　②市：买或卖，诗中指卖出蚕丝。　③罗绮：丝织品的统称，诗中指丝绸做的衣服。罗，素淡颜色或者质地较稀的丝织品。绮，有花纹或者图案的丝织品。

临江仙

晏几道①

梦后楼台高锁，酒醒帘幕低垂。去年春恨却来时②，落花人独立，微雨燕双飞。

记得小苹初见，两重心字罗衣③。琵琶弦上说相思，当时明月在,曾照彩云归。

【注释】

①晏几道(1038—1110):字叔原,号小山,晏殊第七子。北宋著名词人,抚州临川人。性孤傲,晚年家境中落。词风哀感缠绵、清壮顿挫。一般称晏殊为大晏,称晏几道为小晏。他的主要著作为《小山词》,《全宋词》收其词260首。 ②恨:怅惘,愁恨。却:又。 ③两重心字:重叠的心字纹组成的图案。

鹧 鸪 天
晏几道

十里楼台倚翠微①,百花深处杜鹃啼②。殷勤自与行人语,不似流莺取次飞③。

惊梦觉,弄晴时,声声只道不如归。天涯岂是无归意,争奈归期未可期。

【注释】

①翠微:青翠的山色。 ②杜鹃:又名杜宇、子规、布谷等,历代诗词中有关杜鹃的吟咏甚多,因其叫声如同"不如归去",所以在表达乡思的作品中"杜鹃"一词出现得尤多。 ③取次:即随意。

东 坡①
苏 轼②

雨洗东坡月色清,市人行尽野人行③。

莫嫌荦确坡头路④,自爱铿然曳杖声。

【注释】

①东坡:古地名。在今湖北黄冈市东。苏轼谪贬黄州时,友人马正卿

助其垦辟了游息之所，筑雪堂五间。 ②苏轼（1037—1101）：北宋文学家、书画家。字子瞻，又字和仲，又称大苏，号东坡居士。眉州眉山（今属四川）人。与父苏洵、弟苏辙合称三苏。他在文学艺术方面堪称全才。其文汪洋恣肆，明白畅达，与欧阳修并称"欧苏"，为唐宋八大家之一；诗清新豪健，善用夸张比喻，在艺术表现方面独具风格，与黄庭坚并称"苏黄"；词开豪放一派，对后代影响很大，与辛弃疾并称"苏辛"；书法擅长行书、楷书，能自创新意，用笔丰腴跌宕，有天真烂漫之趣，与黄庭坚、米芾、蔡襄并称"宋四家"；画喜作枯木怪石，论画主张神似。著有《苏东坡全集》和《东坡乐府》等。 ③野人：脱离市集、置身名利圈外而躬耕的诗人。 ④荦确：大石丛错、凸凹不平。

春　宵

苏　轼

春宵一刻值千金①，花有清香月有阴。

歌管楼台声细细，秋千院落夜沉沉。

【注释】

①一刻：指时间短暂。古代以铜漏记时，一昼夜共分为一百刻。刻，古代计时单位。

海　棠①

苏　轼

东风袅袅泛崇光②，香雾空蒙月转廊。

只恐夜深花睡去③，故烧高烛照红妆④。

【注释】

①海棠：昔唐明皇召贵妃同宴，而妃宿酒未醒，帝曰"海棠睡未足

耳",此诗为戏此之作。此诗乃苏轼贬官黄州时所作。　②袅袅:微风轻轻吹拂的样子。崇光:指高贵华美的光泽。　③夜深花睡去:暗引唐玄宗赞杨贵妃"海棠睡未足耳"的典故。　④红妆:用美女比海棠。

卜算子·黄州定慧院寓居作

苏　轼

缺月挂疏桐,漏断人初静①。谁见幽人独往来②?缥缈孤鸿影。

惊起却回头,有恨无人省③。拣尽寒枝不肯栖④,寂寞沙洲冷。

【注释】

①漏断:即指深夜。漏,指古人计时用的漏壶。　②幽:《易·履卦》:"幽人贞吉。"其义为幽囚,引申为幽静、优雅。　③省:了解,明白。　④拣尽寒枝不肯栖:此句有良禽择木而栖的意思。

蝶恋花·春景

苏　轼

花褪残红青杏小①。燕子飞时,绿水人家绕。枝上柳绵吹又少②,天涯何处无芳草③!

墙里秋千墙外道。墙外行人,墙里佳人笑。笑渐不闻声渐悄,多情却被无情恼。④

【注释】

①花褪残红:花瓣落尽。褪,脱去。白居易《微之宅残牡丹》诗:"残红零落无人赏,雨打风摧花不全。"青杏:未熟的杏子。　②柳绵:即柳絮。　③天涯何处无芳草:谓春光已晚,芳草长遍天涯。　④"墙里秋千墙外道"五句:张相《诗词曲语辞汇释》卷五:"恼,犹撩也。……言墙里佳人之笑,本出于无心情,而墙外行人闻之,枉自多情,却如被其

撩拨也。"

水龙吟·次韵章质夫杨花词①

苏 轼

似花还似非花,也无人惜从教坠②。抛家傍路,思量却是,无情有思③。萦损柔肠④,困酣娇眼⑤,欲开还闭。梦随风万里,寻郎去处,又还被莺呼起⑥。

不恨此花飞尽,恨西园,落红难缀⑦。晓来雨过,遗踪何在?一池萍碎。春色三分,二分尘土,一分流水。细看来,不是杨花,点点是离人泪。

【注释】

①水龙吟·次韵章质夫杨花词:这首词大约是宋哲宗元祐二年(1087),苏轼在汴京任翰林学士时所作。次韵:用原作之韵,并按照原作用韵次序进行创作,称为次韵。章质夫:名楶(jié),浦城(今福建蒲城县)人。当时正任荆湖北路提点刑狱,经常和苏轼诗词酬唱。 ②从教:任凭。 ③无情有思:杨花看似无情,却自有它的愁思。韩愈《晚春》:"杨花榆荚无才思,唯解漫天作雪飞。"这里反用其意。 ④萦:萦绕、牵念。柔肠:柳枝细长柔软,故以柔肠为喻。白居易《杨柳枝》:"人言柳叶似愁眉,更有愁肠如柳枝。" ⑤困酣:困倦之极。娇眼:美人娇媚的眼睛,比喻柳叶。古人诗赋中常称初生的柳叶为柳眼。 ⑥"梦随风万里"三句:化用唐代金昌绪《春怨》诗:"打起黄莺儿,莫教枝上啼。啼时惊妾梦,不得到辽西。" ⑦落红:落花。缀:连接。

江城子·乙卯正月二十日夜记梦①

苏 轼

十年生死两茫茫②,不思量③,自难忘。千里孤坟④,无处话凄凉。纵使相逢应不识,尘满面,鬓如霜。

夜来幽梦忽还乡⑤,小轩窗⑥,正梳妆。相顾无言,惟有泪千行。料得年年肠断处,明月夜,短松冈⑦。

【注释】

①乙卯:公元1075年,即北宋熙宁八年。 ②十年:指结发妻子王弗去世已十年。 ③思量:想念。 ④千里:王弗葬地四川眉山与苏轼任所山东密州,相隔遥远,故称"千里"。孤坟:其妻王氏之墓。 ⑤幽梦:梦境隐约,故云幽梦。 ⑥小轩窗:指小室的窗前。轩,门窗。 ⑦短松冈:王弗埋葬之地。短松,矮松。

鹧 鸪 天①

苏 轼

林断山明竹隐墙②,乱蝉衰草小池塘。翻空白鸟时时见③,照水红蕖细细香。

村舍外,古城旁④,杖藜徐步转斜阳。殷勤昨夜三更雨,又得浮生一日凉⑤。

【注释】

①鹧鸪天:宋神宗元丰三年(1080),苏轼谪居黄州时写下了这首词。 ②林断山明:树林断绝处,山峰显现出来。 ③翻空:飞翔在空中。 ④古城:当指黄州古城。 ⑤浮生:语出《庄子·刻意》"其生若浮,其死若休"一句,意为世事不定,人生短暂虚幻。

临江仙·夜归临皋

苏 轼

夜饮东坡醒复醉①,归来仿佛三更。家童鼻息已雷鸣。敲门都不应,倚杖听江声②。

长恨此身非我有③,何时忘却营营④?夜阑风静縠纹平⑤。小舟从此逝,江海寄余生。

【注释】

①东坡:古地名,在今湖北黄冈市东。 ②听江声:苏轼寓居临皋,在长江边,故能听长江涛声。 ③长恨此身非我有:引用庄子典。《庄子·知北游》云:舜问乎丞曰:"道何得而有乎?"曰:"汝身非汝有也,汝何得有夫道?"舜曰:"吾身非吾有也,孰有之哉?"曰:"是天地之委形也。" ④营营:周旋、忙碌,内心躁急之状,形容奔走钻营,追逐名利。 ⑤夜阑:夜尽。縠(hú)纹:比喻水波微细。縠,绉纱类丝织品。

卜算子

李之仪①

我住长江头②,君住长江尾③。日日思君不见君,共饮长江水。此水几时休,此恨何时已。只愿君心似我心,定不负相思意④。

【注释】

①李之仪(约1035—1117):北宋文学家。字端叔,号姑溪居士、姑溪老农。沧州无棣(今属山东)人。著有《姑溪词》《姑溪居士文集》五十卷和《姑溪题跋》二卷。 ②长江头:指长江上游。 ③长江尾:指长江下游。 ④定:词中衬字。在词规定的字数外适当地增添一两个不太关键的字词,以更好地表情达意,谓之衬字,亦称"添声"。

清平乐·春归何处

黄庭坚①

春归何处?寂寞无行路②。若有人知春去处,唤取归来同住。

春无踪迹谁知？除非问取黄鹂③。百啭无人能解，因风飞过蔷薇④。

【注释】

①黄庭坚（1045—1105）：字鲁直，自号山谷道人，晚号涪翁，又称豫章黄先生，洪州分宁（今江西修水）人。北宋诗人、词人、书法家，为盛极一时的江西诗派开山之祖，他跟杜甫、陈师道和陈与义素有"一祖三宗"（黄为其中一宗）之称。诗歌方面，他与苏轼并称为"苏黄"；书法方面，他则与苏轼、米芾、蔡襄并称为"宋四家"；词作方面，虽曾与秦观并称"秦黄"，但黄氏的词作成就却远逊于秦氏。有《山谷集》七十卷。 ②无行路：不见春归的路。 ③除非问取黄鹂：黄鹂鸣叫于春夏之间，要想寻春，除非问它。 ④因：趁。

春　日

秦　观①

一夕轻雷落万丝②，霁光浮瓦碧参差③。

有情芍药含春泪④，无力蔷薇卧晓枝。

【注释】

①秦观（1049—1100）：字少游，一字太虚，号淮海居士，别号邗沟居士，"苏门四学士"之一。扬州高邮（今属江苏）人。北宋文学家，北宋后期著名婉约派词人，其词大多描写男女情爱和抒发仕途失意的哀怨，文字工巧精细，音律谐美，情韵兼胜，历来词誉甚高。著有《淮海集》《淮海居士长短句》。 ②丝：雨丝。 ③霁光：雨后明媚的阳光。霁，雨后放晴。浮瓦：晴光照在瓦上。参差：高低错落的样子。 ④春泪：雨点。

踏莎行·郴州旅舍

秦 观

雾失楼台,月迷津渡①。桃源望断无寻处。可堪孤馆闭春寒②,杜鹃声里斜阳暮。

驿寄梅花③,鱼传尺素④。砌成此恨无重数。郴江幸自绕郴山⑤,为谁流下潇湘去⑥。

【注释】

①津渡:渡口。 ②可堪:哪堪。 ③驿寄梅花:陆凯《赠范晔诗》中有"折梅逢驿使,寄与陇头人。江南无所有,聊寄一枝春"。 ④鱼传尺素:《古诗》中有"客从远方来,遗我双鲤鱼。呼儿烹鲤鱼,中有尺素书"。 ⑤幸自:本自,本来是。 ⑥为谁:为什么。

浣 溪 沙

秦 观

漠漠轻寒上小楼①。晓阴无赖似穷秋②。淡烟流水画屏幽③。

自在飞花轻似梦,无边丝雨细如愁。宝帘闲挂小银钩④。

【注释】

① 轻寒:微寒。 ②晓阴:早上天阴着。无赖:词人厌恶之语。穷秋:秋天到了尽头。 ③淡烟流水画屏幽:画屏上轻烟淡淡,流水潺潺。幽,意境悠远。 ④宝帘:缀着珠宝的帘子。闲挂:随意地挂着。

青 玉 案

贺 铸①

凌波不过横塘路②,但目送、芳尘去③。锦瑟华年谁与度④?月桥花院，琐窗朱户⑤，只有春知处。

碧云冉冉蘅皋暮⑥，彩笔新题断肠句⑦。试问闲愁都几许?⑧一川烟草，满城风絮，梅子黄时雨。

【注释】

①贺铸（1052—1125）：字方回，又名贺三愁，自号庆湖遗老，祖籍山阴（今浙江绍兴），生长于卫州（今河南卫辉）。长身耸目，面色铁青，人称"贺鬼头"。其词内容、风格较为丰富多样，兼有豪放、婉约二派之长，长于锤炼语言并善融化前人成句。用韵特严，富有节奏感和音乐美。因其名作《青玉案》有"试问闲愁都几许？一川烟草，满城风絮，梅子黄时雨"句，辞藻工丽，即景抒情，脍炙人口，故有"贺梅子"之称。有《庆湖遗老集》二十卷。 ②凌波：形容女子步态轻盈。 ③芳尘去：指美人已去。 ④锦瑟华年：美好的青春年华。锦瑟，饰有彩纹的瑟。 ⑤琐窗：雕绘连琐花纹的窗子。朱户：朱红的大门。 ⑥蘅皋：长着香草的沼泽中的高地。 ⑦彩笔：比喻有写作的才华。事见南朝江淹故事。 ⑧试问：一作"若问"。闲愁：一作"闲情"。都几许：有多少。

春游湖

徐俯①

双飞燕子几时回？夹岸桃花蘸水开②。

春雨断桥人不度③，小舟撑出柳阴来。

【注释】

①徐俯（1075—1141）：宋代官员，江西派著名诗人之一。字师川，自号东湖居士，洪州分宁（今江西修水县）人。工诗词，著有《东湖集》。 ②夹岸：两岸。蘸水：碰到了湖水。 ③断桥：把桥面淹没了。度：通"渡"。

病 牛

李 纲①

耕犁千亩实千箱②,力尽筋疲谁复伤③?
但得众生皆得饱④,不辞羸病卧残阳⑤。

【注释】

①李纲(1083—1140):字伯纪,江苏无锡人,祖籍邵武(今属福建),自祖父一辈起迁居无锡县(今江苏无锡)。著有《梁溪先生文集》《靖康传信录》《梁溪词》。 ②箱:通"厢",粮仓。 ③伤:怜悯,同情。 ④但得:只要能让。众生:百姓。 ⑤羸:瘦弱。

满庭芳·夏日溧水无想山作

周邦彦①

风老莺雏,雨肥梅子,午阴嘉树清圆。地卑山近②,衣润费炉烟③。人静乌鸢自乐,小桥外、新绿溅溅④。凭栏久,黄芦苦竹⑤,疑泛九江船⑥。

年年,如社燕⑦,飘流瀚海⑧,来寄修椽⑨。且莫思身外⑩,长近尊前。憔悴江南倦客,不堪听、急管繁弦。歌筵畔,先安簟枕,容我醉时眠。

【注释】

①周邦彦(1056—1121):北宋末期著名的词人,字美成,号清真居士,钱塘(今浙江杭州)人。精通音律,曾创作不少新词调。作品多写闺情、羁旅,也有咏物之作。格律谨严,语言典丽精雅,长调尤善铺叙,为后来格律派词人所宗。旧时词论称他为"词家之冠"。有《清真集》传世。 ②卑:低。 ③炉:熏炉,用来燃香除湿气的。 ④新绿:指河

水。 ⑤黄芦苦竹：这句和"地卑山近"都是说自己所住的地方和白居易谪居江州时所住的地方很相似。（白居易《琵琶行》："住近湓江地低湿，黄芦苦竹绕宅生。"） ⑥疑：通"拟"，比拟。 ⑦社燕：燕子春社时南飞，秋社时北归，故云。社，春秋两次祭土神的日子。 ⑧瀚海：沙漠。这里泛指遥远、荒僻的地方。 ⑨寄：托身。修：长。 ⑩身外：指功名利禄等。

一 剪 梅

李清照①

红藕香残玉簟秋②，轻解罗裳，独上兰舟。云中谁寄锦书来？雁字回时③，月满西楼。

花自飘零水自流。一种相思，两处闲愁。此情无计可消除。才下眉头，却上心头。

【注释】

①李清照（1084—约1151）：齐州章丘（今山东章丘西北）人，号易安居士。宋代女词人，婉约词派代表，有"千古第一才女"之称。早期生活优渥，与夫赵明诚共同致力于书画金石的搜集整理。金兵入据中原时，流寓南方，境遇孤苦。所作词，前期多写其悠闲生活，后期多悲叹身世，情调感伤。善用白描手法，自辟途径，语言清丽。论词强调协律，崇尚典雅，提出词"别是一家"之说，反对以作诗文之法作词。能诗，留存不多，部分篇章感时咏史，情辞慷慨，与其词风不同。有《易安居士文集》《易安词》，已散佚。后人辑有《漱玉词》。 ②玉簟（diàn）：精美的竹席。 ③雁字：指雁群飞时排成"一"或"人"形，相传雁能传书。

点 绛 唇

李清照

蹴罢秋千①，起来慵整纤纤手②。露浓花瘦，薄汗轻衣透。

见有人来③,袜划金钗溜④。和羞走。倚门回首,却把青梅嗅。

【注释】

①蹴(cù):踏,踩。这里指荡(秋千)。 ②慵整:懒洋洋地收拾。 ③见有人来:一作"见客入来"。 ④袜划(chǎn):即划袜。未穿鞋子,只穿着袜子行走。

满 江 红

岳 飞①

怒发冲冠②,凭栏处,潇潇雨歇③。抬望眼,仰天长啸④,壮怀激烈。三十功名尘与土⑤,八千里路云和月⑥。莫等闲⑦,白了少年头,空悲切!

靖康耻⑧,犹未雪。臣子恨,何时灭?驾长车,踏破贺兰山缺⑨!壮志饥餐胡虏肉,笑谈渴饮匈奴血。待从头,收拾旧山河,朝天阙⑩!

【注释】

①岳飞(1103—1142):字鹏举,宋相州汤阴县(今河南安阳汤阴县)人。中国历史上著名的战略家、军事家、抗金名将。有《岳武穆集》传世。 ②怒发冲冠:气得头发竖起,以至于将帽子顶起。形容愤怒至极。 ③潇潇:形容雨势急骤。 ④长啸:感情激动时嘬口发出清而长的声音,为古人的一种抒情举动。 ⑤三十功名尘与土:年已三十,建立了一些功名,不过很微不足道。 ⑥八千里路云和月:形容南征北战、路途遥远、披星戴月。 ⑦等闲:随便,轻易。 ⑧靖康耻:金兵攻陷京城,虏走徽、钦二帝。靖康,宋钦宗年号。 ⑨贺兰山:位于宁夏回族自治区,此处指敌境。 ⑩朝天阙:朝见皇帝。天阙,本指宫殿前的楼观,此指皇帝生活的地方。

小重山

岳 飞

昨夜寒蛩不住鸣①。惊回千里梦②,已三更。起来独自绕阶行。人悄悄,帘外月胧明。

白首为功名。旧山松竹老③,阻归程④。欲将心事付瑶琴。知音少,弦断有谁听?

【注释】

①寒蛩:深秋的蟋蟀。 ②千里梦:指梦回中原。 ③旧山:故乡。松竹老:喻北方人民充满焦急的渴盼与等待。 ④归程:喻指收复失地。

剑门道中遇微雨①

陆 游②

衣上征尘杂酒痕,远游无处不销魂③。

此身合是诗人未④?细雨骑驴入剑门。

【注释】

①剑门:地名,在今四川剑阁县北。 ②陆游(1125—1210):字务观,号放翁。越州山阴(今浙江绍兴)人。南宋诗人。创作诗歌很多,今存九千多首,内容极为丰富。抒发政治抱负,反映人民疾苦,风格雄浑豪放;抒写日常生活,也多清新之作。词作量不如诗篇巨大,但和诗同样贯穿了爱国主义精神。杨慎谓其词"纤丽处似秦观,雄慨处似苏轼"。著有《剑南诗稿》《渭南文集》《老学庵笔记》等。 ③无处:处处。销魂:心怀沮丧,好像丢了魂似的。形容非常悲伤或愁苦。 ④合:应该。未:表示发问。

沈园二首（其一）①

陆　游

城上斜阳画角哀，沈园非复旧池台。
伤心桥下春波绿，曾是惊鸿照影来。

【注释】

①陆游二十岁时与母舅之女唐琬结琴瑟之好，婚后"伉俪相得"，但陆母并不喜欢儿媳，迫使陆游最终于婚后三年左右离异。后唐氏改嫁赵士程，陆游亦另娶王氏。绍兴二十五年春，陆游31岁，偶与唐琬夫妇"相遇于禹迹寺南之沈氏园。唐以语赵，遣致酒肴。陆怅然久之，为赋《钗头凤》一词题壁间"。唐氏见后亦奉和一首，从此郁郁寡欢，不久便抱恨而死。陆游自此更加重了心灵的创伤，悲悼之情始终郁积于怀，五十余年间，陆续写了多首悼亡诗，《沈园》即是其中最脍炙人口的两首。

梅花绝句

陆　游

闻道梅花坼晓风①，雪堆遍满四山中。
何方可化身千亿，一树梅花一放翁。

【注释】

①坼：裂开，此谓花朵绽开。

念奴娇·过洞庭

张孝祥①

洞庭青草②，近中秋、更无一点风色。玉鉴琼田三万顷③，著我扁舟一叶④。素月分辉,明河共影⑤,表里俱澄澈。悠然心会,妙处难与君说。

应念岭表经年⑥,孤光自照,肝胆皆冰雪。短发萧疏襟袖冷⑦,稳泛沧溟空阔。尽挹西江,细斟北斗,万象为宾客。⑧扣舷独啸,不知今夕何夕。

【注释】

①张孝祥(1132—1170):字安国,别号于湖居士,历阳乌江(今安徽和县东北)人。南宋著名词人,书法家。有《于湖居士文集》《于湖词》传世。《全宋词》辑录其223首词。 ②洞庭青草:洞庭湖在岳阳市南,青草湖在洞庭之西南,二湖相通,总称洞庭湖。 ③玉鉴琼田:形容月下湖水晶莹如玉。 ④著:安放,安置。 ⑤明河:天河,银河。⑥岭表:指两广之地,五岭以南。经年:经过了一年。 ⑦短发萧疏:头发稀少。襟袖冷:谓两袖清风,清贫廉洁。 ⑧"尽挹西江"三句:舀尽长江水当酒浆,以北斗做酒器盛酒,把大地万物当作宾客。西江,指长江。

西 江 月

张孝祥

满载一船秋色,平铺十里湖光。波神留我看斜阳①,放起鳞鳞细浪。

明日风回更好,今宵露宿何妨。水晶宫里奏霓裳,准拟岳阳楼上。②

【注释】

①波神:水神。 ②"水晶宫里奏霓裳"二句:水府像是在演奏美妙悦耳的音乐,当到达岳阳时,一定在岳阳楼上观赏湖光山色。

丑奴儿·书博山道中壁①

辛弃疾②

少年不识愁滋味③，爱上层楼④。爱上层楼，为赋新词强说愁⑤。

而今识尽愁滋味，欲说还休⑥。欲说还休，却道天凉好个秋⑦！

【注释】

①丑奴儿：即《采桑子》。博山：在今江西上饶市广丰区西南。因状如庐山香炉峰，故名。淳熙八年（1181）辛弃疾罢职退居上饶，常过博山。 ②辛弃疾（1140—1207）：南宋词人。原字坦夫，改字幼安，别号稼轩，历城（今山东济南）人。其词抒写力图恢复国家统一的爱国热情，倾诉壮志难酬的悲愤，对当时执政者的屈辱求和颇多谴责；也有不少吟咏祖国河山的作品。题材广阔又善化用前人典故入词，风格沉雄豪迈又不乏细腻柔媚之处。作品集有《稼轩长短句》等。 ③少年：指年轻的时候。 ④层楼：高楼。 ⑤强说愁：无愁而勉强说愁。 ⑥欲说还休：想说而最终没有说。 ⑦却道天凉好个秋：却说好一个凉爽的秋天啊。意谓言不由衷，顾左右而言他。

摸鱼儿·更能消几番风雨

辛弃疾

淳熙己亥，自湖北漕移湖南，同官王正之置酒小山亭①，为赋。

更能消，几番风雨②，匆匆春又归去。惜春长怕花开早，何况落红无数。春且住！见说道，天涯芳草无归路。怨春不语，算只有殷勤③，画檐蛛网，尽日惹飞絮。

长门事④，准拟佳期又误，蛾眉曾有人妒。千金纵买相如赋，脉脉此情谁诉？君莫舞⑤！君不见，玉环飞燕皆尘土⑥。闲愁最苦。休去倚危栏⑦，斜阳正在，烟柳断肠处。

【注释】

①同官王正之：据楼钥《攻愧集》卷九十九《王正之墓志铭》，王正之淳熙六年任湖北转运判官，故称"同官"。 ②消：经受。 ③算只有殷勤：想来只有檐下蛛网还殷勤地沾惹飞絮，留住春色。 ④长门：汉代宫殿名，武帝皇后失宠后被幽禁于此，司马相如《长门赋序》："孝武陈皇后，时得幸，颇妒。别在长门宫，愁闷悲思，闻蜀郡成都司马相如天下工为文，奉黄金百万，为相如、文君取酒，因以悲愁之辞，而相如为文以悟主上，陈皇后复得幸。" ⑤君：指善妒之人。 ⑥玉环飞燕：杨玉环、赵飞燕，皆貌美善妒。 ⑦危栏：高楼上的栏杆。

鹧鸪天·代人赋

辛弃疾

晚日寒鸦一片愁，柳塘新绿却温柔。若教眼底无离恨，不信人间有白头。①

肠已断，泪难收，相思重上小红楼。情知已被山遮断，频倚阑干不自由②。

【注释】

①"若教眼底无离恨"二句：如果不是眼下亲自遭遇离愁别恨的折磨，根本不会相信这世上真会有一夜白头的事。 ②不自由：不由自主地。

鹧鸪天·代人赋

辛弃疾

陌上柔桑破嫩芽，东邻蚕种已生些。平冈细草鸣黄犊，斜日寒林点暮鸦。

山远近，路横斜，青旗沽酒有人家①。城中桃李愁风雨，春在溪头荠菜花。②

【注释】

①青旗：卖酒的招牌。 ②"城中桃李愁风雨"二句：城中的桃树、李树害怕风雨吹打。白色的荠菜花开满溪头，大好的春光就在这里。

鹧鸪天·送人

辛弃疾

唱彻《阳关》泪未干①，功名余事且加餐②。浮天水送无穷树，带雨云埋一半山。

今古恨，几千般③，只应离合是悲欢④？江头未是风波恶，别有人间行路难⑤！

【注释】

①唱彻《阳关》：唱完送别的歌曲。彻，完。《阳关》，琴歌《阳关三叠》。 ②功名余事且加餐：功名是身外多余的事，还是多吃饭吧。 ③般：种。 ④只应离合是悲欢：岂止是离别才使人悲伤，团聚才使人欢颜？只应，只以为，此处意为"岂止"。 ⑤别有：更有。

清平乐·独宿博山王氏庵①

辛弃疾

绕床饥鼠，蝙蝠翻灯舞。屋上松风吹急雨，破纸窗间自语。

平生塞北江南，归来华发苍颜②。布被秋宵梦觉，眼前万里江山。

【注释】

①庵：圆形草屋。　②归来：指43岁免官归里。华：花白。

采桑子·此生自断天休问
辛弃疾

此生自断天休问，独倚危楼。独倚危楼，不信人间别有愁。

君来正是眠时节，君且归休。君且归休，说与西风一任秋。

水调歌头·长恨复长恨
辛弃疾

长恨复长恨，裁作短歌行。①何人为我楚舞②，听我楚狂声③？余既滋兰九畹，又树蕙之百亩，秋菊更餐英。④门外沧浪水，可以濯吾缨。⑤

一杯酒，问何似，身后名？人间万事，毫发常重泰山轻⑥。悲莫悲生离别，乐莫乐新相识，儿女古今情。⑦富贵非吾事，归与白鸥盟。⑧

【注释】

①"长恨复长恨"二句：长恨，即《长恨歌》。白居易《长恨歌》："天长地久有时尽，此恨绵绵无绝期。"短歌行，乐府平调曲名。《乐府解题》："魏武帝'对酒当歌，人生几何'。晋陆机'置酒高堂，悲来临觞'。皆言当及时为乐。"　②楚舞：据《史记·留侯世家》载，汉高祖刘邦"欲废太子，立戚夫人子赵王如意"，由于留侯张良设谋维护太子，此事只好作罢，戚夫人因向刘邦哭泣，刘邦对她说："为我楚舞，吾为若楚歌。"歌中表达了刘邦事不从心、无可奈何的心情。　③楚狂声：指楚国的狂人接舆的《凤兮歌》。接舆曾路过孔子的门口，歌："凤兮！凤兮！

何德之衰？往者不可谏，来者犹可追。已而！已而！今之从政者殆而！"（见《论语·微子篇》）当面讽刺孔子迷于从政，疲于奔走，《论语》因称接舆为"楚狂"。　④"余既滋兰九畹"三句：语出屈原《离骚》"余既滋兰之九畹，又树蕙之百亩"，"朝饮木兰之坠露兮，夕餐秋菊之落英"。⑤"门外沧浪水"二句：语出《楚辞·渔父》："沧浪之水清兮，可以濯我缨，沧浪之水浊兮，可以濯我足。"缨，丝带子。这两句的意思是对清水、浊水态度要明确，不要然然可可。表示了他刚正清高的品德。⑥毫发：毛发，喻极细小的事物。这句是说人世间的各种事都被颠倒了。⑦"悲莫悲生离别"三句：语出《楚辞·九歌·少司命》："悲莫悲兮生离别，乐莫乐兮新相识。"这里是对陈端仁说的，表示对陈端仁有深厚的感情。　⑧"富贵非吾事"二句：语出陶渊明《归去来辞》："富贵非吾愿，帝乡不可期。"这里以陶渊明自况，抒发了词人淡泊名利、洁身自好的情怀。

西江月·遣兴

辛弃疾

醉里且贪欢笑，要愁那得工夫。近来始觉古人书，信着全无是处。

昨夜松边醉倒，问松我醉何如？只疑松动要来扶，以手推松曰去！

柳梢青·送卢梅坡

刘　过①

泛菊杯深②，吹梅角远③，同在京城。聚散匆匆，云边孤雁，水上浮萍。

教人怎不伤情？觉几度，魂飞梦惊。后夜相思，尘随马去，月逐舟行。

【注释】

①刘过（1154—1206）：南宋文学家。字改之，号龙洲道人。吉州太和（今江西泰和县）人，长于庐陵（今江西吉安）。词风与辛弃疾相近，抒发抗金抱负，狂逸俊致，与刘克庄、刘辰翁享有"辛派三刘"之誉，又与刘仙伦合称为"庐陵二布衣"。有《龙洲集》《龙洲词》。　②泛菊杯深：化用陶渊明诗，写重阳佳节两人共饮菊花酒。泛，漂浮。深，把酒斟满。　③吹梅角远：化用李清照诗，写在春天时他们郊游赏梅。吹梅，吹奏《梅花落》。角，号角，这里指笛声。远，悠远。

沁园春·梦孚若①

刘克庄②

何处相逢，登宝钗楼③，访铜雀台④。唤厨人斫就，东溟鲸脍⑤，圉人呈罢，西极龙媒⑥。天下英雄，使君与操，余子谁堪共酒杯。车千乘，载燕南赵北，剑客奇才。

饮酣画鼓如雷⑦。谁信被晨鸡轻唤回⑧。叹年光过尽，功名未立，书生老去，机会方来。使李将军，遇高皇帝，万户侯何足道哉。披衣起，但凄凉感旧，慷慨生哀。

【注释】

①孚（fú）若：方孚若，名信儒，莆田（今属福建）人，以使金不屈著名。著作有《南冠萃稿》等。　②刘克庄（1187—1269）：南宋诗人、词人、诗论家。字潜夫，号后村居士。莆田（今属福建）人。宋末文坛领袖，辛派词人的重要代表，词风豪迈慷慨。晚年致力于辞赋创作，提出了许多革新理论。　③宝钗楼：汉武帝时建，故址在今陕西咸阳市。

④铜雀台：曹操时建，故址在今河北省临漳县西南。 ⑤东溟（míng）：东海。脍（kuài）：切得很细的肉。 ⑥西极：指西域，古时名马多来自西域。龙媒：骏马名。 ⑦画鼓：一作"鼻息"。画，鼓上文饰。 ⑧谁信：谁想，谁料。

月上瓜洲·南徐多景楼作

张　辑①

江头又见新秋，几多愁？塞草连天何处是神州？

英雄恨，古今泪，水东流。惟有渔竿明月上瓜洲②。

【注释】

①张辑：生卒年不详，字宗瑞，鄱阳（今江西鄱阳县）人。 ②惟有渔竿明月上瓜洲：扁舟一叶，持竿垂钓，又见新秋的明月，冉冉从瓜洲升起。意为纵使有英雄人物，也是报国无门，只好逍遥于江海之上了。瓜洲，在长江北岸，是运河入长江处，有渡口与镇江相通。

题临安邸①

林　升②

山外青山楼外楼，西湖歌舞几时休？

暖风熏得游人醉③，直把杭州作汴州④。

【注释】

①题：写。临安：南宋的京城，即今浙江省杭州市。邸（dǐ）：官府，官邸，旅店，客栈。这里指旅店。 ②林升：字梦屏，温州横阳人，大约生活在南宋孝宗朝，是一位擅长诗文的士人。 ③暖风：这里不仅指自然界和煦的春风，还指由歌舞所带来的令人痴迷的"暖风"——暗指南宋朝廷的靡靡之风。熏：以气味或烟气烤制物品。游人：既指一般游客，更

是特指那些忘了国难、苟且偷安、寻欢作乐的南宋统治阶级。 ④直：简直。汴（biàn）州：即汴梁（今河南开封），北宋京城。

谒金门

李好古①

花过雨，又是一番红素。燕子归来愁不语，旧巢无觅处。

谁在玉关劳苦？谁在玉楼歌舞？若使胡尘吹得去，东风侯万户。②

【注释】

①李好古：南宋词人。生平不详。 ②"若使胡尘吹得去"二句：如果东风能把敌人吹走，那就把东风封为万户侯。

扬子江

文天祥①

几日随风北海游，回从扬子大江头。

臣心一片磁针石，不指南方不肯休。

【注释】

①文天祥（1236—1283）：吉州庐陵（今江西吉安）人，南宋爱国英雄。文天祥以忠烈名传后世，受俘期间，元世祖以高官厚禄劝降，文天祥宁死不屈，从容赴义，生平事迹被后世称许，与陆秀夫、张世杰被称为"宋末三杰"。有《文山先生全集》。文天祥曾自编诗集，以描述他出使元营，被扣押北行，中途脱险，颠沛流离到福州为主要内容。诗集取名《指南录》。本诗即为点题之作。

金陵驿①

文天祥

草合离宫转夕晖②,孤云漂泊复何依?

山河风景元无异,城郭人民半已非。

满地芦花和我老,旧家燕子傍谁飞③?

从今别却江南路④,化作啼鹃带血归⑤。

【注释】

①金陵:今江苏南京。文天祥抗元兵败后被俘,由广州押往元大都路过金陵。　②草合:草已长满。离宫:即行宫,皇帝出巡时临时居住的地方。金陵是宋朝的陪都,所以有离宫。　③旧家燕子:引用刘禹锡《乌衣巷》"旧时王谢堂前燕,飞入寻常百姓家"一句含义。　④别却:离开。⑤啼鹃带血归:用蜀王死后化为杜鹃鸟、啼鹃带血的典故暗喻北行以死殉国,只有魂魄归来。

正气歌

文天祥

天地有正气,杂然赋流形①。下则为河岳,上则为日星。

于人曰浩然,沛乎塞苍冥②。皇路当清夷③,含和吐明庭。

时穷节乃见,一一垂丹青。在齐太史简④,在晋董狐笔⑤。

在秦张良椎⑥,在汉苏武节⑦。为严将军头⑧,为嵇侍中血⑨。

为张睢阳齿⑩,为颜常山舌⑪。或为辽东帽⑫,清操厉冰雪⑬。

或为出师表,鬼神泣壮烈。或为渡江楫⑭,慷慨吞胡羯⑮。

或为击贼笏⑯,逆竖头破裂。是气所磅礴,凛烈万古存。

当其贯日月,生死安足论。地维赖以立,天柱赖以尊。⑰
三纲实系命,道义为之根。嗟予遘阳九⑱,隶也实不力⑲。
楚囚缨其冠⑳,传车送穷北㉑。鼎镬甘如饴,求之不可得。
阴房阒鬼火㉒,春院闷天黑㉓。牛骥同一皂,鸡栖凤凰食。㉔
一朝蒙雾露,分作沟中瘠。如此再寒暑,百沴自辟易。
嗟哉沮洳场㉕,为我安乐国。岂有他缪巧,阴阳不能贼!
顾此耿耿在,仰视浮云白。悠悠我心悲,苍天曷有极。
哲人日已远,典刑在夙昔。风檐展书读㉖,古道照颜色㉗!

【注释】

①杂然:纷繁,多样。　②沛乎:旺盛的样子。苍冥:天地之间。
③皇路:国运,国家的局势。清夷:清平,太平。　④太史:史官。简:古代用以写字的竹片。　⑤在晋董狐笔:春秋时,晋灵公被赵穿杀死,晋大夫赵盾没有处置赵穿,太史董狐在史册上写道:"赵盾弑其君。"
⑥张良椎:张良找大力士持大椎在博浪沙伏击出巡的秦始皇。后张良辅佐刘邦建立汉朝,封留侯。　⑦苏武节:汉武帝时,苏武出使匈奴,被匈奴人流放到北海牧羊。他牧羊十九年,始终拿着从汉朝带去的符节,后来终于回到汉朝。　⑧严将军:严颜在刘璋手下做将军,镇守巴郡,被张飞捉住,要他投降,他回答说:"我州但有断头将军,无降将军!"张飞见其威武不屈,把他释放了。　⑨嵇侍中:嵇绍,嵇康之子,晋惠帝时做侍中。惠帝永兴元年,皇室内乱,惠帝的侍卫都被打垮了,嵇绍用自己的身体遮住惠帝,被杀死,血溅到惠帝的衣服上。战争结束后,有人要洗去惠帝衣服上的血,惠帝说:"此嵇侍中血,勿去!"　⑩张睢阳:即唐朝的张巡。安禄山叛乱,张巡固守睢阳,每次上阵督战,大声呼喊,牙齿都咬碎了。　⑪颜常山:即唐朝的颜杲卿,任常山太守。安禄山叛乱时,他起兵讨伐,后城破被俘,当面大骂安禄山,被钩断舌头,仍不屈,被杀死。

⑫辽东帽：东汉末年的管宁有高节，是在野的名士，避乱居辽东，一再拒绝朝廷的征召，他常戴一顶黑色帽子，安贫讲学，名闻于世。 ⑬清操厉冰雪：是说管宁严格奉守清廉的节操，凛如冰雪。厉，严肃，严厉。 ⑭渡江楫：东晋爱国志士祖逖率兵北伐，渡长江时，敲着船桨发誓北定中原，后来终于收复黄河以南失地。 ⑮胡羯：古代对北方少数民族的称呼。 ⑯击贼笏：唐德宗时，朱泚谋反，召段秀实议事，段秀实不肯同流合污，以笏猛击朱泚的头。笏，古代大臣朝见皇帝时所持的手板。 ⑰"地维赖以立"二句：是说地和天都依靠正气支撑着。地维，古代人认为地是方的，四角有四根柱支撑着。 ⑱嗟：感叹词。遘：遭逢，遇到。阳九：即百六阳九，古人用以指灾难年头，此指国势的危亡。 ⑲隶也实不力：是说我实在无力改变这种危亡的国势。隶，地位低的官吏，此为作者谦称。 ⑳楚囚缨其冠：《左传·成公九年》载，春秋时钟仪被俘，但他始终戴着一种楚国帽子，表示不忘祖国。这里指作者被拘囚着，把从江南戴来的帽子的带系紧，表示虽为囚徒仍不忘宋朝。 ㉑传车：官办交通站的车辆。穷北：极远的北方。 ㉒阴房阗鬼火：囚室阴暗寂静，只有鬼火出没。阴房，见不到阳光的居处，此指囚房。阗，幽暗、寂静。 ㉓春院闷天黑：虽在春天，院门关得紧紧的，照样是一片漆黑。 ㉔"牛骥同一皂"二句：牛和骏马同槽，鸡和凤凰共处，比喻贤愚不分，杰出的人和平庸的人都关在一起。骥，良马。皂，马槽。鸡栖，鸡窝。 ㉕沮洳场：低下阴湿的地方。 ㉖风檐展书读：在临风的廊檐下展开史册阅读。 ㉗古道照颜色：古代传统的美德，闪耀在面前。

虞美人·听雨

蒋 捷①

少年听雨歌楼上，红烛昏罗帐。壮年听雨客舟中，江阔云低、断雁叫西风②。

而今听雨僧庐下，鬓已星星也③。悲欢离合总无情，一任阶前、点滴到天明。

【注释】

①蒋捷（约1245—1305）：字胜欲，号竹山，常州宜兴（今属江苏）人。南宋亡，深怀亡国之痛，隐居不仕，人称"竹山先生""樱桃进士"，其气节为时人所重。长于词，与周密、王沂孙、张炎并称"宋末四大家"。其词多抒发故国之思、山河之恸，风格多样，而以悲凉清俊、萧寥疏爽为主。尤以造语奇巧之作，在宋词坛上独标一格，有《竹山词》一卷。　②断雁：失群孤雁。　③星星：白发点点如星，形容白发很多。

一剪梅·舟过吴江

蒋　捷

一片春愁待酒浇①。江上舟摇，楼上帘招。秋娘渡与泰娘桥②。风又飘飘，雨又萧萧。

何日归家洗客袍？银字笙调③，心字香烧④。流光容易把人抛。红了樱桃，绿了芭蕉。

【注释】

①待酒浇：急欲要排解愁绪。　②秋娘渡与泰娘桥：都是吴江地名。③银字笙调：调弄有银字的笙。　④心字香烧：点熏炉里心字形的香。

题 画 菊

郑思肖①

花开不并百花丛，独立疏篱趣未穷。
宁可枝头抱香死，何曾吹落北风中。②

【注释】

①郑思肖（1241—1318）：宋末诗人、画家，福州连江（今属福建）人。原名不详，宋亡后改名思肖。字忆翁，表示不忘故国；号所南，日常坐卧，要向南背北。亦自称菊山后人、景定诗人、三外野人、三外老夫等。有诗集《心史》《郑所南先生文集》等。 ②"宁可枝头抱香死"二句：写菊花宁愿枯死枝头，决不被北风吹落。

摸鱼儿①

元好问②

乙丑岁赴试并州，道逢捕雁者云："今旦获一雁，杀之矣。其脱网者悲鸣不能去，竟自投于地而死。"予因买得之，葬之汾水之上，垒石为识③，号曰"雁丘"。同行者多为赋诗，予亦有《雁丘词》。旧所作无宫商④，今改定之。

问世间，情为何物，直教生死相许？天南地北双飞客⑤，老翅几回寒暑。欢乐趣，离别苦，就中更有痴儿女。君应有语：渺万里层云，千山暮雪，只影向谁去？⑥

横汾路，寂寞当年箫鼓，荒烟依旧平楚。⑦招魂楚些何嗟及，山鬼暗啼风雨。⑧天也妒，未信与，莺儿燕子俱黄土。⑨千秋万古，为留待骚人，狂歌痛饮，来访雁丘处。

【注释】

①摸鱼儿：唐教坊曲，后用为词牌。 ②元好问：字裕之，号遗山，太原秀容（今山西忻州）人，祖系出自北魏鲜卑族拓跋氏。工诗文，在金、元之际颇负重望。诗词风格沉郁，并多伤时感事之作。其《论诗》绝句三十首在中国文学批评史上颇有地位。作品有《遗山集》，又名《遗山先生文集》，编有《中州集》。 ③识（zhì）：标志。 ④无宫商：不

协音律。 ⑤双飞客：大雁双宿双飞，秋去春来，故云。 ⑥"君应有语"四句：万里长途，层云迷漫，千山暮景，处境凄凉，形影孤单为谁奔波呢？ ⑦"横汾路"三句：这葬雁的汾水，当年汉武帝横渡时何等热闹，如今寂寞凄凉。平楚，楚指丛木。远望树梢齐平，故称平楚。 ⑧"招魂楚些何嗟及"二句：我欲为死雁招魂又有何用，雁魂也在风雨中啼哭。招魂楚些，《楚辞·招魂》句尾皆有"些"字。何嗟及，悲叹无济于事。山鬼，《楚辞·九歌·山鬼》篇指山神，此指雁魂。 ⑨"天也妒"三句：不信殉情的雁子与普通莺燕一样都寂灭无闻变为黄土，它将声名远播，使天地忌妒。

〔双调〕骤雨打新荷

元好问

绿叶阴浓，遍池亭水阁，偏趁凉多。海榴初绽①，朵朵簇红罗。乳燕雏莺弄语，对高柳鸣蝉相和。骤雨过，琼珠乱撒，打遍新荷。

人生百年有几②，念良辰美景，休放虚过。穷通前定③，何用苦张罗。命友邀宾玩赏④，对芳樽⑤，浅酌低歌。且酩酊，任他两轮日月，来往如梭。

【注释】

①海榴：即石榴。 ②几：几许，此处指多长时间。 ③穷通前定：失意或通达的命运由前生而定。 ④命友：邀请朋友。 ⑤芳樽：美酒。

水仙子·夜雨

徐再思①

一声梧叶一声秋，一点芭蕉一点愁，②三更归梦三更后。落灯花，棋未收，叹新丰孤馆人留③。枕上十年事，江南二老④。忧，都到心头。

【注释】

①徐再思：生卒年不详，字德可，号甜斋，嘉兴（今属浙江）人，元代著名散曲作家，今存所作散曲小令100余首。　②"一声梧叶一声秋"二句：梧桐叶的落下，预示了秋天的到来，雨打在芭蕉上的声音更使人增添了一份愁闷。一点芭蕉，是指雨点打在芭蕉叶上。一点，指雨点。③新丰孤馆：用唐初大臣马周的典故。马周年轻时，生活潦倒，外出时曾宿新丰旅舍，店主人见他贫穷，供应其他客商饭食，独不招待他，马周命酒一斗八升，悠然独酌。新丰，在陕西新丰镇一带。　④二老：指年迈的双亲。

卖花声·怀古

张可久①

阿房舞殿翻罗袖②，金谷名园起玉楼③，隋堤古柳缆龙舟④。不堪回首，东风还又⑤，野花开暮春时候。

美人自刎乌江岸⑥，战火曾烧赤壁山，将军空老玉门关⑦。伤心秦汉⑧，生民涂炭，读书人一声长叹。

【注释】

①张可久（约1280—约1352）：元代散曲家、剧作家，与乔吉并称"双璧"，与张养浩合为"二张"。　②阿房（ē páng）：阿房宫。全句大意是说，当年秦始皇曾在华丽的阿房宫里观赏歌舞，尽情享乐。　③金谷名园：在河南省洛阳市西面，是晋代大官僚大富豪石崇的别墅，其中的建筑和陈设异常奢侈豪华。　④隋堤古柳：隋炀帝开通济渠，沿河筑堤种柳，称为"隋堤"，即今江苏以北的运河堤。缆龙舟：指隋炀帝沿运河南巡江都（今扬州市）。　⑤东风还又：现在又吹起了东风。　⑥美人：指虞姬。　⑦将军空老玉门关：言东汉班超垂老思归。班超因久在边塞镇

守,年老思归,给皇帝写了一封奏章,上面有两句是:"臣不敢望到酒泉郡(在今甘肃),但愿生入玉门关。"(见《后汉书·班超传》) ⑧秦汉:泛指历朝历代。

古 戍①

刘 基②

古戍连山火,新城殷地笳③。

九洲犹虎豹,四海未桑麻。

天迥云垂草④,江空雪覆沙。

野梅烧不尽,时见两三花。

【注释】

①古戍:古老的戍楼。 ②刘基(1311—1375):字伯温,汉族,青田县南田乡(今属浙江省温州市文成县)人,故时人称他刘青田。明洪武三年(1370)封诚意伯,人们又称他刘诚意。武宗正德九年追赠太师,谥文成,后人又称他刘文成、文成公。元末明初杰出的军事家、政治家及文学家,通经史、晓天文、精兵法。他以辅佐朱元璋完成帝业、开创明朝并尽力保持国家安定而驰名天下,被后人比作为诸葛武侯。朱元璋多次称刘基为:"吾之子房也。"在文学史上,刘基与宋濂、高启并称"明初诗文三大家"。 ③笳:一种管乐器,古代流行于塞北及西域一带。 ④迥:远。

五月十九日大雨

刘 基

风驱急雨洒高城,云压轻雷殷地声①。

雨过不知龙去处,一池草色万蛙鸣。

【注释】

①殷:震动。

雨中花·题画

李东阳①

正爱月来云破②。那更柳眠花卧。帘幕风微,秋千人静,酒尽春无那③。

迢递高楼孤寂坐④。缥缈笛声飞堕。恨曲短宵长,院深墙迥,凭仗风吹过。

【注释】

①李东阳(1447—1516):字宾之,号西涯,谥文正。汉族,祖籍湖广长沙府茶陵州(今湖南茶陵)人,寄籍京师(今北京市)。明代中后期茶陵派的核心人物,诗人、书法家、政治家。有《怀麓堂集》《怀麓堂诗话》《燕对录》。 ②月来云破:语本宋张先《天仙子》词:"云破月来花弄影。" ③无那:无奈。 ④迢递高楼:李商隐《安定城楼》:"迢递高城百尺楼。"迢递,高远貌。

临 江 仙

杨 慎①

滚滚长江东逝水,浪花淘尽英雄②。是非成败转头空。青山依旧在,几度夕阳红。

白发渔樵江渚上③,惯看秋月春风。一壶浊酒喜相逢④。古今多少事,都付笑谈中。

【注释】

①杨慎(1488—1559):明代文学家,明代三大才子之一。字用修,

号升庵，著作达百余种。后人辑为《升庵全集》。　②淘尽：荡涤一空。
③渔樵：渔父和樵夫。渚：水中的小块陆地。　④浊酒：用糯米、黄米等酿制的酒，较混浊。

把酒对月歌

唐　寅①

李白前时原有月，惟有李白诗能说。

李白如今已仙去，月在青天几圆缺？

今人犹歌李白诗，明月还如李白时。

我学李白对明月，白与明月安能知！

李白能诗复能酒，我今百杯复千首。

我愧虽无李白才，料应月不嫌我丑。

我也不登天子船，我也不上长安眠。

姑苏城外一茅屋，万树桃花月满天。

【注释】

①唐寅（1470—1523）：字伯虎，一字子畏，号六如居士、桃花庵主、鲁国唐生、逃禅仙吏等。吴县（今江苏苏州）人。他玩世不恭而又才气横溢，擅长诗文，与祝允明、文征明、徐祯卿并称"吴中四才子"；画名更著，与沈周、文征明、仇英并称"明四家"。

一剪梅

唐　寅

雨打梨花深闭门，忘了青春，误了青春。赏心乐事共谁论？花下销魂①，月下销魂。

愁聚眉峰尽日颦②，千点啼痕，万点啼痕。晓看天色暮看云③，行也思君，坐也思君。

【注释】

①销魂：黯然神伤。　②愁聚眉峰尽日颦：意为整日眉头皱蹙如黛峰耸起。颦，皱眉。　③晓看天色暮看云：两个"看"字实系无意义举止，乃特定心态的外现行为。

桃花庵歌

唐　寅

桃花坞里桃花庵，桃花庵下桃花仙；

桃花仙人种桃树①，又摘桃花换酒钱。

酒醒只在花前坐②，酒醉还来花下眠；

半醒半醉日复日，花落花开年复年。

但愿老死花酒间，不愿鞠躬车马前③；

车尘马足富者趣，酒盏花枝贫者缘。

若将富贵比贫者，一在平地一在天；

若将贫贱比车马，他得驱驰我得闲。

别人笑我太疯癫，我笑他人看不穿；

不见五陵豪杰墓，无花无酒锄作田。④

【注释】

①桃花仙人：指唐寅自己。　②花：在一定程度上是喻妓女，唐寅后半生都是与她们做伴的，穷困潦倒地死后也是由妓女出钱埋葬的。　③车马：古时文臣坐车，武将骑马。所以这里以车马指代同等待遇的官职。意为功名富贵。　④"不见五陵豪杰墓"二句：历史上所谓豪杰之士虽然也曾一时辉煌，如今却墓冢不存，只能被当作耕种的田地，哪有我唐寅倚

花饮酒这样洒脱、倜傥。五陵豪杰,是泛指。五陵,五陵原,是以西汉王朝在这里设立的五个陵邑而得名的。

江城子·病起春尽

陈子龙①

一帘病枕五更钟,晓云空,卷残红。无情春色,去矣几时逢?添我千行清泪也,留不住,苦匆匆。

楚宫吴苑草茸茸②,恋芳丛,绕游蜂,料得来年,相见画屏中。人自伤心花自笑,凭燕子,舞东风。

【注释】

①陈子龙(1608—1647):明末官员、文学家。初名介,字卧子、懋中、人中,号大樽、海士、轶符等,松江华亭(今上海市松江区)人。他是明末重要作家,诗歌成就较高,诗风或悲壮苍凉,或典雅华丽,或合两种风格于一体。擅长七律、七言歌行、七绝,被公认为"明诗殿军"。陈子龙亦工词,为婉约词名家、云间词派盟主,被后代众多著名词评家誉为"明代第一词人"。 ②楚宫吴苑:泛指旧时宫苑。茸茸:柔密丛生貌。

明 日 歌

文 嘉①

明日复明日,明日何其多。
我生待明日,万事成蹉跎。
世人苦被明日累,春去秋来老将至。
朝看水东流,暮看日西坠。
百年明日能几何,请君听我《明日歌》。

【注释】

①文嘉（1501—1583）：字休承，号文水，明湖广衡山人，系籍长州（今江苏苏州）。文征明仲子。吴门派代表画家。能诗，工书，小楷清劲，亦善行书。精于鉴别古书画，工石刻，为明一代之冠。

〔商调〕皂罗袍

汤显祖①

原来姹紫嫣红开遍②，似这般都付与断井颓垣③，良辰美景奈何天④，赏心乐事谁家院⑤。朝飞暮卷⑥，云霞翠轩⑦，雨丝风片，烟波画船，锦屏人忒看的这韶光贱⑧。

【注释】

①汤显祖（1550—1616）：明代文学家、戏曲作家。字义仍，号若士。汤显祖留下了丰富的作品，在中国和世界文学史，尤其是戏剧史上有重要地位。《红泉逸草》《问棘邮草》《玉茗堂集》以及《紫箫记》和《临川四梦》都有明清刻本传世。《牡丹亭》是他的代表作。其思想和创作对当时和后世产生了重大影响。 ②姹紫嫣红：形容花的鲜艳美丽。 ③断井颓垣：断了的井栏，倒了的短墙。这里是形容庭院的破旧冷落。 ④奈何天：无可如何的意思。 ⑤赏心乐事：谢灵运《拟魏太子邺中集诗序》："天下良辰、美景、赏心、乐事，四者难并。"谁家：哪一家。此句意为自己家的庭院花园里没有赏心乐事。 ⑥朝飞暮卷：唐代王勃《滕王阁诗》中有"画栋朝飞南浦云，朱帘暮卷西山雨"句，形容楼阁巍峨，景色开阔。 ⑦翠轩：华美的亭台楼阁。 ⑧锦屏人忒看的这韶光贱：被阻隔在深闺中，辜负了大自然的美好景色。锦屏人，被阻隔在深闺中的人。忒，太。韶光，大好春光。

更漏子·本意①

王夫之②

斜月横，疏星炯③。不道秋宵真永。声缓缓，滴泠泠。④双眸未易肩⑤。

霜叶坠，幽虫絮⑥，薄酒何曾得醉。天下事，少年心。分明点点深。

【注释】

①更漏子：此词牌始见于唐温庭筠所作，双调，四十六字。又名"付金钗""无漏子""独倚楼""翻翠袖"。　②王夫之：又称王船山，汉族，衡阳（今属湖南）人。中国朴素唯物主义思想的集大成者，与黄宗羲、顾炎武并称为明末清初三大思想家。王夫之晚年居南岳衡山下的石船山，著书立说，故世称其为"船山先生"。王夫之一生著述甚丰，其中以《读通鉴论》《宋论》为其代表之作。　③炯：明亮。　④"声缓缓"二句：漏壶滴水声。　⑤双眸：两眼。肩：闭上，合上。　⑥絮：絮叨，状秋虫鸣声。

卜 算 子

夏完淳①

秋色到空闺，夜扫梧桐叶。谁料同心结不成，翻就相思结。

十二玉阑干，风动灯明灭。立尽黄昏泪几行，一片鸦啼月。

【注释】

①夏完淳（1631—1647）：原名复，字存古，号小隐、灵首（一作灵胥），乳名端哥，汉族，明松江府华亭县（现上海市松江区）人，明末著名诗人。著有《南冠草》《续幸存录》等。

海 上①

顾炎武②

日入空山海气侵,秋光千里自登临。

十年天地干戈老,四海苍生吊哭深。③

水涌神山来白鸟,云浮仙阙见黄金。④

此中何处无人世,只恐难酬烈士心。⑤

【注释】

①这首诗有感于鲁王遁海而作（依黄节说）。 ②顾炎武（1613—1682）：著名思想家、史学家、语言学家，与黄宗羲、王夫之并称为明末清初三大思想家。本名继坤，改名绛，字忠清；南都败后，改炎武，字宁人，号亭林，自署蒋山佣，汉族，南直隶苏州府昆山（今属江苏）人。学问渊博，于国家典制、郡邑掌故、天文仪象、河漕、兵农及经史百家、音韵训诂之学，都有研究。晚年治经重考证，开清代朴学风气。其学以博学于文、行己有耻为主，合学与行、治学与经世为一。诗多伤时感事之作。 ③"十年天地干戈老"二句：自崇祯初年，清兵即入关，干戈不息，百姓涂炭；以后又有农民起义军与明军的战争，故诗中云云。十年，系约举成数。老，久。吊哭，一本作"痛哭"。 ④"水涌神山来白鸟"二句：写望海时的想象。神山、仙阙，借喻海上抗清根据地。黄金，《史记·封禅书》载："此三神山（方丈、蓬莱、瀛洲）者，其传在渤海中……诸神仙及不死之药在焉。其物禽兽尽白，黄金银为宫阙。" ⑤"此中何处无人世"二句：疑指海上弹丸之地，恐难作为抗清根据地，以符遗民的愿望。黄节注引《南疆逸史》："鲁王之出海也，富平将军张名振弃石浦，以舟车扈（随从）王至舟山，黄斌卿不纳。"以为指张名振被拒事。酬，偿。黄斌卿，莆田人，舟山守将。烈

士，壮怀激烈之士。

墨竹图题诗

郑 燮①

衙斋卧听萧萧竹②，疑是民间疾苦声。

些小吾曹州县吏③，一枝一叶总关情④。

【注释】

①郑燮（1693—1765）：清代官吏、书画家、文学家。字克柔，号板桥，汉族，江苏兴化人。"扬州八怪"之一。诗书画均旷世独立，人称三绝。有《板桥全集》。 ②衙斋：衙署书房。 ③些小：小小。吾曹：我辈。 ④关情：牵动感情。

七 绝①

郑 燮

船上人被名利牵，岸上人牵名利船。

江水滔滔流不尽，问君辛苦到何年。

【注释】

①七绝：本诗文字浅白流畅，寓意深长，一直被当作"警世诗"而广泛流传。

枉 凝 眉①

曹雪芹②

一个是阆苑仙葩③，一个是美玉无瑕。若说没奇缘，今生偏又遇着他④，若说有奇缘，如何心事终虚化⑤？

一个枉自嗟呀，一个空劳牵挂⑥。一个是水中月，一个是镜中花。想眼中能有多少泪珠儿，怎禁得秋流到冬尽，春流到夏！

【注释】

①枉凝眉：这是警幻仙子为贾宝玉上演的第三支曲子。枉，白白地，徒然。凝眉，皱眉头。"枉凝眉"从题目看就是白费心思、无力难回的意思。　②曹雪芹（约1715—约1763）：清代小说家、文学家。名沾（zhān），字梦阮，号雪芹，又号芹溪、芹圃。素性放达，曾身杂优伶而被钥空房，常以阮籍自比。贡生。爱好、研究广泛，如金石、诗书、绘画、园林、中医、织补、工艺、饮食等。他出身于百年望族的大官僚地主家庭，后因家庭的衰败而饱尝了人生的辛酸。在人生的最后阶段，他以坚韧不拔的毅力，历经十年创作了《红楼梦》。　③阆苑仙葩：生长在世外仙源的奇花异草。阆苑，传说中神仙居住的地方。葩，指花。　④又：点明了前生的因缘。　⑤心事终虚化：照应下文的"水中月""镜中花"，暗示宝、黛最终不成眷属，酿就了一场朦朦胧胧的爱情悲剧。　⑥空劳牵挂：绛珠仙草受神瑛侍者雨露之恩，这不正是生生世世无限牵挂的至情至爱吗？

聪 明 累①

曹雪芹

机关算尽太聪明，反算了卿卿性命。②生前心已碎，死后性空灵。家富人宁，终有个家亡人散各奔腾③。

枉费了，意悬悬半世心④，好一似，荡悠悠三更梦。忽喇喇似大厦倾，昏惨惨似灯将尽。⑤呀！一场欢喜忽悲辛。叹人世，终难定！

【注释】

①聪明累：这首曲子是写王熙凤的。曲名"聪明累"，是受聪明之

连累、聪明自误的意思。语出北宋苏轼《洗儿》诗："人皆养子望聪明，我被聪明误一生。惟愿孩儿愚且鲁，无灾无难到公卿。"　②"机关算尽太聪明"二句：费尽心机，策划算计，聪明得过了头，反而连自己的性命也给算掉了。机关，心机、阴谋权术。卿卿，后作夫妇、朋友间一种亲昵的称呼。这里指王熙凤。　③奔腾：这里是形容灾祸临头时，各自急急找生路的样子。　④意悬悬：时刻劳神、放不下心的精神状态。　⑤"忽喇喇似大厦倾"二句：是描写王熙凤的个人命运，也是封建阶级和他们所代表的社会制度彻底崩溃的形象写照。

秋窗风雨夕①

曹雪芹

秋花惨淡秋草黄，耿耿秋灯秋夜长②。
已觉秋窗秋不尽，那堪风雨助凄凉！
助秋风雨来何速！惊破秋窗秋梦绿③。
抱得秋情不忍眠④，自向秋屏移泪烛⑤。
泪烛摇摇爇短檠⑥，牵愁照恨动离情。
谁家秋院无风入？何处秋窗无雨声？
罗衾不奈秋风力，残漏声催秋雨急。
连宵脉脉复飕飕，灯前似伴离人泣。
寒烟小院转萧条，疏竹虚窗时滴沥。
不知风雨几时休，已教泪洒窗纱湿。

【注释】

①秋窗风雨夕：此诗出自《红楼梦》第四十五回，是一篇乐府体诗。描写了凄风苦雨的秋夜中一个重病少女酸苦的哀思。本诗对下文描写黛玉因悲愁泪尽而死，是一次重要的铺垫。　②耿耿：微明的样子。

另一义是形容心中不宁。这里字面上是前一义,实际上兼有后一义。
③秋梦绿:秋夜梦中所见的草木葱笼的春夏景象。 ④秋情:指秋天景象所引起的感伤情怀。 ⑤自向秋屏移泪烛:暗用唐代李商隐《嫦娥》诗中"云母屏风烛影深"句意,写寂寞。 ⑥爇(ruò):点燃。檠(qíng):灯架,蜡烛台。

葬花吟①

曹雪芹

花谢花飞花满天,红消香断有谁怜?
游丝软系飘春榭,落絮轻沾扑绣帘。
闺中女儿惜春暮,愁绪满怀无释处。
手把花锄出绣闺,忍踏落花来复去。
柳丝榆荚自芳菲,不管桃飘与李飞。
桃李明年能再发,明年闺中知有谁?
三月香巢已垒成,梁间燕子太无情!
明年花发虽可啄,却不道人去梁空巢也倾。
一年三百六十日,风刀霜剑严相逼,
明媚鲜妍能几时,一朝飘泊难寻觅。
花开易见落难寻,阶前闷杀葬花人。
独倚花锄泪暗洒,洒上空枝见血痕。
杜鹃无语正黄昏,荷锄归去掩重门。
青灯照壁人初睡,冷雨敲窗被未温。
怪奴底事倍伤神,半为怜春半恼春:
怜春忽至恼忽去,至又无言去不闻。
昨宵庭外悲歌发,知是花魂与鸟魂?

花魂鸟魂总难留，鸟自无言花自羞。
愿奴胁下生双翼，随花飞到天尽头。
天尽头，何处有香丘？
未若锦囊收艳骨，一抔净土掩风流。
质本洁来还洁去，强于污淖陷渠沟。
尔今死去侬收葬，未卜侬身何日丧？
侬今葬花人笑痴，他年葬侬知是谁？
试看春残花渐落，便是红颜老死时。
一朝春尽红颜老，花落人亡两不知！

【注释】

①《葬花吟》：《红楼梦》第二十七回中林黛玉吟诵的一首古体诗，是《红楼梦》中历来最为人所称道的诗篇之一。此诗是林黛玉感叹身世遭遇的全部哀音的代表，也是作者借以塑造这一艺术形象，表现其性格特征的重要作品。

马　嵬①

袁　枚②

莫唱当年长恨歌③，人间亦自有银河。
石壕村里夫妻别④，泪比长生殿上多⑤。

【注释】

①马嵬：即马嵬坡，在陕西省兴平市西。安史之乱时，唐玄宗逃到这里，在随军将士的胁迫下，勒死杨贵妃。　②袁枚（1716—1798）：清代诗人、散文家。字子才，号简斋，晚年自号仓山居士、随园主人、随园老人。汉族，钱塘（今浙江杭州）人。袁枚是乾嘉时期诗人代表之一，与赵翼、蒋士铨合称"乾隆三大家"。　③长恨歌：唐代大诗人白居易写的一首关于

唐玄宗、杨贵妃爱情悲剧的叙事长诗，侧重于同情。　④石壕村：唐代大诗人杜甫的诗篇《石壕吏》中的一个村庄，村里有户人家在唐王朝的暴政下，家破人亡。　⑤长生殿：华清宫的一座殿。唐玄宗和杨贵妃有感于牛郎、织女被银河分隔，七月七日在殿里海誓山盟，表示永世不分。

题元遗山集①

赵　翼②

身阅兴亡浩劫空③，两朝文献一衰翁④。
无官未害餐周粟⑤，有史深愁失楚弓⑥。
行殿幽兰悲夜火⑦，故都乔木泣秋风⑧。
国家不幸诗家幸，赋到沧桑句便工⑨。

【注释】

①元遗山集：金末元初元好问之诗文集。元好问，字裕之，号遗山。诗中评论元好问入元后辑存金代文献之志节与诗作之成功，知人论世，切中肯綮。　②赵翼（1727—1814）：清代文学家、史学家。字云崧，一字耘松，号瓯北，又号裘萼，晚号三半老人，汉族，江苏阳湖（今江苏常州）人。与袁枚、张问陶并称清代性灵派三大家。所著《廿二史札记》与王鸣盛《十七史商榷》、钱大昕《二十二史考异》合称三大史学名著。③阅：经历。浩劫空：大灾难，破坏严重。佛家谓世界由成、住到坏、空为四劫，空指世界毁灭。后遂以"劫"指灾难。　④两朝文献一衰翁：谓元好问集两朝文献于一身。金亡于哀宗天兴三年（1234），元好问已四十余岁，此后近三十年，致力于搜集整理金代文献，编有《壬辰杂编》《中州集》，并作有大量诗文，为一代文宗。　⑤无官未害餐周粟：元好问在金为尚书省左司员外郎，入元不仕，无损大节。周粟，周武王灭商后，殷商贵族伯夷、叔齐隐居首阳山，采薇而食，不食周粟，最后饿死。

元好问虽未如伯夷、叔齐之饿死,但却未仕元,故曰"未害"。 ⑥有史深愁失楚弓:谓元好问担心金代文献遗亡。失楚弓,据《孔子家语·好生》载:楚共王出游,遗失一良弓,从人要寻找,他说:"楚人失弓,楚人得之,又何求焉!"孔子认为楚共王心胸还不大,说:"人遗之,人得之,何楚也。"这里以"楚弓"喻金代文献。 ⑦行殿:行宫,指金之南京汴梁。夜火:鬼火。 ⑧故都:指金中都燕京。金迁汴梁前之京都。乔木:高大的树木,多用以喻故国、故里。 ⑨赋:吟咏、描写。沧桑:沧海桑田之省文,典出《神仙传》,此指金之易代。

塞外杂咏

林则徐①

天山万笏耸琼瑶②,导我西行伴寂寥。

我与山灵相对笑,满头晴雪共难消③。

【注释】

①林则徐(1785—1850):汉族,福建侯官(今福建福州)人,字元抚,又字少穆、石麟,晚号俟村老人、俟村退叟、七十二峰退叟、瓶泉居士、栎社散人等。是清代政治家、思想家和诗人,是中华民族抵御外辱过程中伟大的民族英雄,其主要功绩是虎门销烟。 ②万笏(hù):天山群峰。笏,古代朝会时所拿的一种狭长板子,有事则书于上,以免遗忘,形似一曲背老人。这里以其形状群峰。琼瑶:美玉,比喻天山上的积雪。 ③满头晴雪:指诗人的白发。共难消:与天山上的积雪一样不易消除。

秋登越王台①

康有为②

秋风立马越王台③,混混蛇龙最可哀④。

十七史从何说起,三千劫几历轮回⑤?

腐儒心事呼天问,大地山河跨海来。

临睨飞云横八表,岂无倚剑叹雄才。

【注释】

①秋登越王台：此诗是光绪五年22岁的康有为在广州时的作品，从中可以窥见青年时代康有为的少年壮志、历史眼光和报国雄略。　②康有为（1858—1927）：原名祖诒，字广厦，号长素，又号明夷、更生、西樵山人、游存叟、天游化人，晚年别署天游化人，广东南海丹灶（今属佛山市南海区）人，人称"康南海"。近代著名政治家、思想家、社会改革家、书法家和学者，信奉孔子儒家学说，并致力于将儒家学说改造为可以适应现代社会的国教，曾担任孔教会会长。著有《康子篇》《新学伪经考》等。　③越王台：又称粤王台，为西汉初南越王赵佗所建。　④混混蛇龙：指凡圣同居，龙蛇混杂，贤人在混浊纷乱的世道里而不能脱颖而出解救社会。　⑤三千劫：佛教用语，指鸦片战争时中华民族蒙受了屈辱的灾难，就仿佛经历了三千次的浩劫而令人痛心疾首。

狱中题壁

谭嗣同①

望门投止思张俭②，忍死须臾待杜根③。
我自横刀向天笑④，去留肝胆两昆仑⑤。

【注释】

①谭嗣同（1865—1898）：字复生，号壮飞，湖南浏阳人，中国近代著名政治家、思想家、维新派人士。其所著的《仁学》，是维新派的第一部哲学著作，也是中国近代思想史上的重要著作。1898年参加领导戊戌变法，失败后被杀，年仅33岁，为"戊戌六君子"之一。　②投止：投宿。思：思慕。张俭：东汉末年人，因弹劾宦官被诬陷结党营私，被迫逃亡避害。人们敬仰其为人，都冒着危险接待他。这里以张俭借指康有为等逃亡的维新派人士，希望他们会像张俭那样得到人们的保护。　③忍死：装死。须臾：不长的时间。杜根：东汉末年人，上书要求专权的邓太后还

政于皇帝，邓太后大怒，命人将他装入口袋，在大殿上摔死。行刑者敬其所为，施刑不加力，得不死。邓太后命人查看，他装死三天，目中生蛆。后隐身酒店当酒保。邓太后被诛后，复官为侍御史。这里借以勉励幸存的维新派人士暂避一时，以待东山再起。　④横刀：指横放在脖子上的刀。向天笑：表示从容就义的英雄气概。　⑤去：指出逃或死去。留：留下或活着。昆仑：昆仑山，这里以此借喻去留二者都肝胆相照，同昆仑山一样巍峨高大。

台湾竹枝词①

梁启超②

韭菜花开心一枝，花正黄时叶正肥。

愿郎摘花连叶摘，到死心头不肯离。

【注释】

①竹枝词：本是巴渝民歌，多吟唱民间疾苦。唐贞元中，被贬谪在沅湘的刘禹锡以俚歌鄙陋，乃依《九歌》作《竹枝》新辞九章，由是盛行全国，从此成为中国民歌之大宗。梁启超到台湾后，听到当地居民亦"相从而歌"《竹枝》，心有所感，于是将它们翻译出来，加工改编成《台湾竹枝词》。《竹枝词》多借女子的哀怨之辞来抒发自己心中的愁闷，表达某种愿望。这首情歌也不例外，梁任公借写恋情来"为遗黎写哀"，替自己抒发心声。　②梁启超（1873—1929）：中国近代维新派领袖，学者。字卓如，号任公，又号饮冰室主人。广东新会（今江门市新会区）人。清光绪举人，参与戊戌变法，曾倡导文体改良的"诗界革命"和"小说界革命"。其著作编为《饮冰室合集》。

读陆放翁集①

梁启超

诗界千年靡靡风②，兵魂销尽国魂空。

集中什九从军乐③，亘古男儿一放翁④。

【注释】

①读陆放翁集：本诗作于1899年梁启超戊戌变法失败后出走日本期间，写的是读陆游诗集引起的感慨。 ②靡靡：柔弱不振。 ③什九：十分之九。 ④亘古：从古代到现在。

鹧鸪天

秋　瑾①

祖国沉沦感不禁，闲来海外觅知音。金瓯已缺终须补②，为国牺牲敢惜身？

嗟险阻，叹飘零。关山万里作雄行。休言女子非英物③，夜夜龙泉壁上鸣④。

【注释】

①秋瑾（1875—1907）：近代民主革命志士，原名秋闺瑾，字璇卿，号旦吾，乳名玉姑，东渡后改名瑾，字（或作别号）竞雄，自称"鉴湖女侠"，笔名秋千，曾用笔名白萍，祖籍浙江山阴（今绍兴），生于福建闽县（今福州），其蔑视封建礼法，提倡男女平等，常以花木兰、秦良玉自喻，性豪侠，习文练武，曾自费东渡日本留学。积极投身革命，先后参加过三合会、光复会、同盟会等革命组织，联络会党计划响应萍浏醴起义未果。后与徐锡麟等相约起义，事泄被杀。 ②金瓯：古代装酒的金属器皿。用来比喻国家疆土。 ③英物：英俊有才能的人物。 ④龙泉：宝剑名。壁上鸣：指挂在墙壁上的宝剑在响。据说剑夜鸣便要杀人，这里是说自己要上阵杀敌。

对　酒①

秋　瑾

不惜千金买宝刀，貂裘换酒也堪豪。

一腔热血勤珍重②，洒去犹能化碧涛③。

【注释】

①对酒：吴芝瑛《记秋女侠遗事》提到，秋瑾在日本留学时曾购一宝刀，诗当写于此时。这首诗表现了秋瑾轻视金钱的豪侠性格和杀身成仁的革命精神。　②勤：常常，多。　③碧涛：用《庄子·外物》典，"苌弘死于蜀，藏其血，三年而化为碧"。后世多以碧血指烈士流的鲜血。

自题小像①

鲁　迅

灵台无计逃神矢②，风雨如磐暗故园。
寄意寒星荃不察③，我以我血荐轩辕④。

【注释】

①自题小像：本诗系鲁迅于1903年在日本东京弘文书院求学时，剪辫题照，赠给他的挚友许寿裳的。这是《呐喊》和《彷徨》的先声，也是鲁迅毕生奋斗的标灯和旗帜。　②灵台无计逃神矢：全句是把自己魂牵梦萦的祖国比作恋人。灵台，心灵。神矢，指古罗马神话中爱神丘比特的箭。　③寒星：宋玉《九辩》："愿寄言夫流星兮。"荃不察：化用《离骚》中"荃不察余之中情兮"句。荃，香草名，这里指民众。察，体察。　④荐：献，进献祭品。轩辕：黄帝。这里象征着古老的中华大地和多灾多难的中华民族。

无　题①

鲁　迅

惯于长夜过春时，挈妇将雏鬓有丝②。
梦里依稀慈母泪③，城头变幻大王旗④。
忍看朋辈成新鬼⑤，怒向刀丛觅小诗⑥。
吟罢低眉无写处⑦，月光如水照缁衣⑧。

【注释】

①无题：这首诗见于《南腔北调集·为了忘却的纪念》，为悼念"左联"五烈士而作。　②将：带领。雏：幼鸟、小鸟，这里是指孩子。鬓有丝：两鬓有了白发。　③依稀：模模糊糊。慈母泪：当时作者的母亲在北京听说作者已经被捕的谣传，因忧虑焦急而掉泪。　④变幻：变化，变换。大王：指当时的国民党新军阀和地方实力派的头子。　⑤忍：不忍，岂忍。朋辈：指青年作家李伟森、柔石、胡也频、冯铿、殷夫等五人。成新鬼：1931年2月7日李伟森、柔石等五烈士被国民党当局杀害于上海龙华。　⑥刀丛：指当时的白色恐怖。　⑦无写处：没有地方可把所吟的诗写下来，指在白色恐怖下没有言论自由。　⑧缁衣：黑色的衣服。

自　嘲①

鲁　迅

运交华盖欲何求②？未敢翻身已碰头。
破帽遮颜过闹市，漏船载酒泛中流③。
横眉冷对千夫指④，俯首甘为孺子牛⑤。
躲进小楼成一统⑥，管他冬夏与春秋。

【注释】

①自嘲：这首诗作于1932年10月12日。　②华盖：星名。根据迷信的说法，华盖星照在俗人头上，这人就要倒霉。欲何求：还想求什么呢？　③中流：河流中间。　④千夫指：指当时各种反动势力对鲁迅的围攻、谩骂。　⑤俯首：低头。孺子牛：《左传》里记载齐景公经常自己装作牛，口里衔着绳子，让儿子骑着玩。孺子，原指小孩子，但作者在这里把孺子比作人民，给了"孺子牛"这个典故以新的生命。　⑥成一统：有了一个统一的小天下。

无　题

鲁　迅

万家墨面没蒿莱①，敢有歌吟动地哀②。

心事浩茫连广宇③，于无声处听惊雷④。

【注释】

①墨面：此处形容凋零破败的模样。墨，黑色。没：隐藏。　②敢：敢于。　③浩：浩大。茫：茫茫，面积大，看不清边沿。广宇：广阔的宇宙。　④惊雷：喻指人们心中悲愤的怒吼。

七古·咏蛙①

毛泽东

独坐池塘如虎踞，绿荫树下养精神。

春来我不先开口，哪个虫儿敢作声。

【注释】

①七古·咏蛙：作此诗时毛泽东年仅17岁，作者托物言志，以蛙自比：虽是小人物，也有龙虎之姿，不凡气慨。

贺新郎·别友

毛泽东

挥手从兹去。更那堪凄然相向，苦情重诉。眼角眉梢都似恨，热泪欲零还住①。知误会前番书语②。过眼滔滔云共雾，算人间知己吾和汝。人有病③，天知否？

今朝霜重东门路，照横塘半天残月，凄清如许。汽笛一声肠已断，从此天涯孤旅。凭割断愁丝恨缕④。要似昆仑崩绝壁，又恰像台风扫寰宇。重比翼，和云翥⑤。

【注释】

①零：落的意思。　②书语：信中的话语。　③病：指误会。　④凭割断：请割断之意。　⑤翥（zhù）：奋飞。

沁园春·长沙

毛泽东

独立寒秋，湘江北去，橘子洲头。看万山红遍，层林尽染；漫江碧透，百舸争流①。鹰击长空，鱼翔浅底，万类霜天竞自由②。怅寥廓，问苍茫大地，谁主沉浮？

携来百侣曾游③，忆往昔峥嵘岁月稠④。恰同学少年，风华正茂；书生意气，挥斥方遒⑤。指点江山，激扬文字，⑥粪土当年万户侯⑦。曾记否，到中流击水，浪遏飞舟！

【注释】

①舸（gě）：大船。这里泛指船只。争流：争着行驶。　②万类霜天竞自由：万物都在秋光中争过自由自在的生活。万类，指一切生物。霜天，指深秋。　③百侣：很多的伴侣。侣，这里指同学。　④峥嵘岁月稠：不平常的日子是很多的。峥嵘，山势高峻，比喻超越寻常，不平凡。稠，多。　⑤挥斥方遒（qiú）：热情奔放，劲头正足。挥斥，奔放。方，正。遒，强劲。　⑥"指点江山"二句：评论国家大事，用文字来抨击丑恶的现象、赞扬美好的事物，写出激浊扬清的文章。激扬，激浊扬清，抨击恶浊的，褒扬善良的。　⑦粪土当年万户侯：把当时的军阀官僚看得同粪土一样。粪土，作动词用，视……如粪土。

采桑子·重阳

毛泽东

人生易老天难老,岁岁重阳。今又重阳,战地黄花分外香①。
一年一度秋风劲,不似春光。胜似春光,寥廓江天万里霜。

【注释】

①黄花:指菊花。

忆秦娥·娄山关①

毛泽东

西风烈,长空雁叫霜晨月。霜晨月,马蹄声碎,喇叭声咽②。
雄关漫道真如铁③,而今迈步从头越。从头越,苍山如海,残阳如血。

【注释】

①娄山关:又名太平关,从四川入贵州要道上的关口,古称天险,自古为兵家必争之地。 ②咽:本义是声音因梗塞而低沉,这里指清晨远处传来的时断时续的军号声。 ③漫道:不要说。

清平乐·六盘山

毛泽东

天高云淡,望断南飞雁。不到长城非好汉,屈指行程二万①。
六盘山上高峰,红旗漫卷西风②。今日长缨在手③,何时缚住苍龙④?

【注释】

①屈指:弯着手指头计算。 ②漫卷:任意吹卷。 ③长缨:本指长

绳，这里指革命武装。 ④苍龙：指国民党反动派。

七律·长征

毛泽东

红军不怕远征难，万水千山只等闲。

五岭逶迤腾细浪①，乌蒙磅礴走泥丸②。

金沙水拍云崖暖③，大渡桥横铁索寒。

更喜岷山千里雪，三军过后尽开颜④。

【注释】

①五岭：横亘在江西、湖南、两广之间的五座山岭。逶迤：形容道路、山脉、河流等弯弯曲曲连绵不断的样子。这句是说，险峻的五岭绵延起伏，在红军眼中不过像翻腾着的小浪花。 ②乌蒙磅礴走泥丸：乌蒙山绵延在贵州、云南两省之间，气势雄伟，在红军看来也只像滚动着的泥丸。 ③金沙：指金沙江，是长江上游的一段河流。云崖暖：是指浪花拍打悬崖峭壁，溅起阵阵雾水，在红军的眼中像是冒出的蒸汽一样。 ④三军：指的是红军的第一方面军、第二方面军和第四方面军。

沁园春·雪①

毛泽东

北国风光，千里冰封，万里雪飘。望长城内外，惟余莽莽；大河上下，顿失滔滔。山舞银蛇，原驰蜡象，欲与天公试比高。须晴日，看红妆素裹，分外妖娆。②

江山如此多娇，引无数英雄竞折腰③。惜秦皇汉武，略输文采；唐宗宋祖，稍逊风骚④。一代天骄⑤，成吉思汗，只识弯弓射大雕。

俱往矣，数风流人物，还看今朝。

【注释】

①沁园春·雪：这首词作于红一方面军1936年2月由陕北准备东渡黄河进入山西省西部的时候。　②"看红妆素裹"二句：红日和白雪互相映照，看去好像装饰艳丽的美女裹着白色外衣，格外娇媚。③竞折腰：这里是说争着为江山奔走操劳。折腰，倾倒，躬着腰侍候。④稍逊风骚：意近"略输文采"。风骚，本指《诗经》里的《国风》和《楚辞》里的《离骚》，后来泛指文章辞藻。　⑤天骄：汉时匈奴自称为"天之骄子"，后以"天骄"泛称强盛的边地民族。

七律·人民解放军占领南京

毛泽东

钟山风雨起苍黄①，百万雄师过大江。

虎踞龙盘今胜昔，天翻地覆慨而慷②。

宜将剩勇追穷寇③，不可沽名学霸王④。

天若有情天亦老⑤，人间正道是沧桑⑥。

【注释】

①钟山：即紫金山，在南京市的东面。苍黄：同"仓惶"。　②慨而慷：感慨而激昂。曹操《短歌行》："慨当以慷。"　③穷寇：走投无路的敌人。　④沽名：故意做作或用某种手段猎取名誉。霸王：指项羽。⑤天若有情天亦老：借用唐李贺诗句，原句的意思是，对于这样的人间恨事，天若有情，也要因悲伤而衰老。这里是说，天若有情，见到国民党反动统治的黑暗现实，也要因痛苦而变衰老。　⑥人间正道：人世间的正常规律。沧桑：沧海（大海）变为桑田。

浪淘沙·北戴河

毛泽东

大雨落幽燕①,白浪滔天,秦皇岛外打鱼船。一片汪洋都不见,知向谁边。

往事越千年,魏武挥鞭②,东临碣石有遗篇③。萧瑟秋风今又是,换了人间。

【注释】

①幽燕:指今天河北省北部一带。 ②魏武:即曹操,死后被追封为魏武帝。挥鞭:原指挥鞭策马,这里指骑马出征。 ③遗篇:遗留下来的诗篇,指《观沧海》一诗。

水调歌头·游泳①

毛泽东

才饮长沙水,又食武昌鱼。万里长江横渡,极目楚天舒②。不管风吹浪打,胜似闲庭信步,今日得宽余③。子在川上曰:逝者如斯夫。

风樯动④,龟蛇静⑤,起宏图。一桥飞架南北⑥,天堑变通途⑦。更立西江石壁,截断巫山云雨,高峡出平湖。神女应无恙,当惊世界殊。⑧

【注释】

①游泳:1956年6月,作者曾由武昌游泳横渡长江,到达汉口。②极目:放眼远望。楚天:武昌一带在春秋战国时属于楚国的范围,所以作者把这一带的天空叫"楚天"。舒:舒展,开阔。 ③宽余:指神态舒缓,心情畅快。 ④风樯:指帆船。樯,桅杆。 ⑤龟蛇:实指龟山、蛇

山。 ⑥一桥飞架南北：指当时正在修建的武汉长江大桥。 ⑦天堑：堑，沟壑。古人把长江视为"天堑"。 ⑧"更立西江石壁"五句：将来还打算在长江三峡一带建立巨型水坝（西江石壁）蓄水发电，水坝上游原来高峡间狭窄汹涌的江面将变为平静的大湖。到那时，如果巫山神女依然健在，看到这种意外的景象，也该惊叹世界真是大变样了。

蝶恋花·答李淑一①

毛泽东

我失骄杨君失柳，杨柳轻扬直上重霄九②。问讯吴刚何所有，吴刚捧出桂花酒③。

寂寞嫦娥舒广袖，万里长空且为忠魂舞。忽报人间曾伏虎④，泪飞顿作倾盆雨。

【注释】

①李淑一：长沙第十中学语文教师，杨开慧的好友，经杨开慧介绍与柳直荀（革命先驱）认识并结婚，结婚三年左右，柳直荀因革命离家，李淑一独自在家教书，养育儿子，两人再也没有见面，直到解放后，李淑一才知柳直荀早在32年前就死在王明"左"倾路线领导人的手里。 ②杨柳：杨开慧和李淑一的丈夫柳直荀。重霄九：九重霄的倒装，指天的最高处。 ③吴刚:神话月宫中的仙人。 ④伏虎：指革命胜利。

卜算子·咏梅

毛泽东

风雨送春归，飞雪迎春到。已是悬崖百丈冰，犹有花枝俏。

俏也不争春，只把春来报。待到山花烂漫时①，她在丛中笑。

【注释】

①烂漫：颜色鲜明而美丽。文中指花盛开的时候。

七律·和柳亚子先生

毛泽东

饮茶粤海未能忘①，索句渝州叶正黄②。

三十一年还旧国，落花时节读华章。

牢骚太盛防肠断③，风物长宜放眼量④。

莫道昆明池水浅⑤，观鱼胜过富春江⑥。

【注释】

①饮茶粤海：指柳亚子和毛泽东于 1925 年至 1926 年间在广州的交往。粤海，广州。 ②索句渝州：指 1945 年在重庆柳亚子索讨诗作，毛泽东书《沁园春·雪》以赠。渝州，重庆。 ③牢骚：1949 年 3 月 28 日夜柳亚子作《感事呈毛主席一首》，也就是诗中的"华章"，称要回家乡分湖隐居。 ④长：通"常"。 ⑤昆明池：指北京颐和园昆明湖。昆明湖取名于汉武帝在长安凿的昆明池。 ⑥富春江：东汉初年，严光不愿出来做官，隐居在浙江富春江边钓鱼。

大 江 歌①

周恩来

大江歌罢掉头东，邃密群科济世穷②。

面壁十年图破壁③，难酬蹈海亦英雄④。

【注释】

①大江歌：此诗作于 1917 年，时年 19 岁的周恩来为了投身到祖国的反帝反封建的洪流中去，毅然放弃在日本学习的机会，决定回国。他的同

学好友为他饯行，请书赠留念，周恩来挥毫书赠了这首诗。　②邃密：精深细密。这里是精研的意思。群科：指各种科学。济世穷：挽救国家的危亡。　③面壁：面对墙壁坐着，这里用来形容刻苦的钻研。　④难酬蹈海亦英雄：借用陈天华的典故，说即使理想无法实现，投海殉国也是英雄。蹈海，投海。

冬夜杂咏·青松①

陈　毅

大雪压青松，青松挺且直。
要知松高洁，待到雪化时。

【注释】

①冬夜杂咏·青松：作者借物咏怀，表面写松，其实写人，写人坚忍不拔、宁折不弯的刚直与豪迈，写那个特定时代不畏艰难、雄气勃发、愈挫弥坚的精神。